ちくま文庫

ごはん通

嵐山光三郎

筑摩書房

目次

おむすび　33

粥と雑炊　47

刺身粥／チーズ粥／キムチ粥

すし　81

どんぶり 125

味つけごはん 155

ごはん通

引用は『飲食事典』『本朝食鑑』（以上、平凡社）、『食道楽』（報知社）、ならびに『素人庖丁』『名飯部類』『都鄙安逸伝』『料理伊呂波庖丁』（以上、『翻刻　江戸時代料理本集成』第七巻所収　臨川書店）によった。また、引用にさいし旧字は新字に改めた。

挿画　嵐山光三郎

※　はじめに

日本人は米の微妙な味がわかる世界有数の民族である。このことは先祖に感謝しなければならない。また、世界一うまい米を生産する民族である。ごはんを炊いて蓋をとると、ふんわりと湯気がたちのぼり、ほのかに甘く、かぐわしい香りがする。炊きたてのごはんのおいしさは日本人でなくてはわからず、また日本産の米でないと不可能である。ごはんの食味は、①噛み心地、②ねばり、③かたさ、④甘み、⑤香り、そして⑥食べたあとの余韻であり、⑦茶碗に盛ったときの粒のかたち、⑧光りぐあい、⑨喉の通りが重要であり、ごはんを一口食べて「おいしい」と感じるときは、無意識にこの九要素で判断しているのである。

米の検定では、①外観、②香り、③味、④ねばり、⑤硬さ、⑥総合評価が基準になる。公式の検定基準にこれだけの要素をくみこむのは、日本人の軀(からだ)に、先祖代々うけ

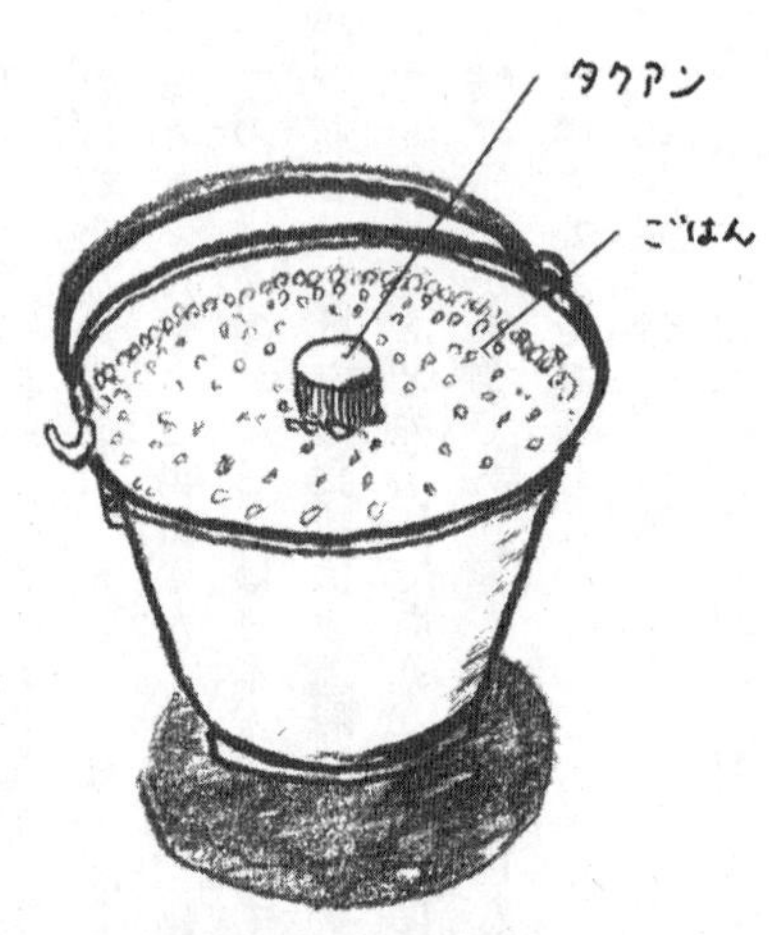

バケツ弁当は、8リットル入りのブリキバケツに白飯をつめこみ、その真中にタクアンを差しこんだだけのものである。各人が素手で白飯をすくって食べ、タクアン一本を順番にかじっておかずとする。10人ぶんはあるから、大学運動部の花見弁当むきに、私が考案したものである。一本のタクアンかじった仲は、チームワークがよくなる。

つがれてきた米主食民族の血が流れているからである。伝統、歴史、文化が米一粒の中にある。米一粒の中に稲霊(いなだま)が宿っている。それゆえに祭事には米を食して、新しい生命をいただくしきたりができた。

卑弥呼はおこわを食べて八十歳余の長寿をまっとうした。古代米はビタミン、ミネラルをたっぷりと含んだ長寿食であった。卑弥呼の長寿を羨んだ人が「卑弥呼め」と言ったのが「秘味・コメ」の語源というのは、後世の人がつけた俗説である。

現在の日本民族が世界有数の長寿国となり得たのも、米を主食とする日本型食生活の賜(たまもの)である。炊飯以前には焼米(やきごめ)にする食法があった。乾飯(ほしいい)もあった。紫式部は、朝食はお粥、夕食は普通のごはんを食べて『源氏物語』を書きあげた。米には脳の発達をよくするレシチンが含まれているため、頭がよくなる。コシヒカリの名は、『源氏物語』の主人公光源氏のヒカルにあやかっている。

脳のエネルギー源は血糖であり、消化の速い食材は血糖値が上がるのも速いが、すぐ下がってしまい持続性がない。パンを例にとると、食後一時間半で血糖値が落ちて脳はエネルギー不足になるのに対して、ごはんは消化吸収がゆっくりしているぶん、持続力がある。オリンピック選手が試合の前ににぎり飯を食べると、好成績をおさめるのはそのためである。また、学生諸君が入学試験の朝食にごはんを食べれば、合格率が高くなるというのもこのためである。

コメ知識1　素朴な先祖の味がよみがえる焼米

昔流の常備食で、往時をしのぶために、家庭で再現し、『日本書紀』の味を試せば、ポリポリとした食感のなかに、素朴な先祖の味覚がよみがえる。米本来の甘みが香ばしく、まことに風流である。小学校の給食に、学習をかねて、焼米を供したところ、児童のほとんどが食べ残し、親から「子を実験に使うな」と抗議された事例がある。

『飲食事典』「やきごめ（焼米）」の項ではつぎのようにある。

焼米　煎米の一種。『和名抄』に熬米（いりごめ）また「鳥口」ともいうとある。鳥の食む如くの意で、モミをそのまま炊って殻を去るので、『日本書紀』皇極紀に、蘇我の入鹿が斑鳩宮を焼いた時、時人がこれを諷して、「石の上に小猿米焼く米だにも、たげて通らせかまゝしのおじ」と歌ったとあるに見ても、起源の古さと備蓄用なりし事がうかがわれる。恐らく炊飯以前の食法だろうといわれる。『和漢三才図会』には、苅収めたモミを鍋に入れ、水を少し加えて蒸煎し、稃（もみぬか）を去って米にする。蒸さなくては舂く時砕け易いとあり、また『蜻蛉日記』に「青稲刈らせて馬に飼い、焼米させなどする、云々」とあるのは、未熟のモミで作ったのが殊に美味だったからで、後には端境期の食いつなぎ等に、ますますこの風が盛行したため、熊本藩などでは禁令を発したりした。焼米に関する文献は、すでにインドの古代史にあるといわれ、日本でも九州・山陰・大和さては江戸・奥州の地中からも、米のまま、または化石したのを掘出された記録がいくつもあり、これを一、二粒服用するとオコリが落ちるとの迷信が江戸時代まで行われた位だから、昔は相当広範囲に行われたものらしく、或いは先住民以来の遺風であったかも知れぬ。近世は苗代にまいたモミ種の残りを利用して児女の間食代りに与えたもので、現に存続している地方もあるようだ。

コメ知識2　森鷗外もすすめた乾飯（ほしいい）

平安時代の常用食で、一度炊いた餅米をムシロに敷いて日干しにしたもの。かたくて食べにくいが、平安時代の日本人は、歯が強かった。のち、日干しの米を強火で炒ってふくらましたものもできた。日清戦争では、ビスケットが携帯食となったが、前戦部隊は、「乾飯でなければ力が出ない」と言って、乾飯を食べた。日清戦争に軍医部長として従軍転戦した森鷗外は、乾飯のよさを推奨している。『飲食事典』には、乾飯に関する興味深い説話がある。

『書紀』の允恭天皇七（四一八）年に烏賊津使主（いかつおみ）が内旨を帯びて坂田ノ弟姫（おとひめ）を迎えにいった時、もし使命を果し得なかったならば帰って極刑を蒙るよりもむしろ庭前に伏して死ぬと称し、七日間絶食をよそおいつつ実はひそかに懐中したホシイイを食っていたとあって、実は当時すでに用意のあったことを示し、……平時の旅行にも携帯されたことは『伊勢物語』をはじめ平安朝以降の文書に珍しくなく、江戸時代には菓子用として道明寺とともに仙台ホシイイが乗出し、『故事類苑』にも「各地に製造さるれど就中河内国道明寺・陸奥国仙台の産もっとも有名」とある……山鹿素行に私淑した長州の吉田松陰は、安政二（一八五五）年まだ二〇歳台で素行説を拡充し、ホシイイの実用化を強調している。

どの米がうまいか

新食糧法の施行（一九九五年）によって、品種改良された自主流通米が出まわるようになった。ヤミ米がヤミでなくなり、米生産者はおいしくて安全な米作りにはげみ、これによる味覚競争が品種向上を促進して、さまざまな米が手に入るようになった。

人気は新潟産コシヒカリ、こしいぶき、宮城産ひとめぼれ、ササニシキ、青森産つがるロマン、秋田産あきたこまち、山形産はえぬき、つや姫、どまんなか、北海道産きらら397、えみまる、青森産つきあかり、茨城産キヌヒカリ、岩手産いわてっこ、福島産ちほみのり、栃木産いのちの壱、群馬産いなほっこり、富山産コシヒカリ、長野産五百川、岐阜産ほしじるし、三重産みのりの郷、滋賀産ほむすめ舞、島根産縁結び、岡山産恋の予感、愛媛産愛のゆめ、鹿児島産とよめき、そのほかにも各地に特別栽培米、有機栽培米のおいしい銘柄がぞくぞくと登場している。岩手県東和（とうわ）町（現・花巻市）の有機栽培米は、たい肥たっぷりで、かつ自然乾燥を実施している。稲をはざかけする自然乾燥は、昭和四十年代に日本の農村風景から姿を消し、一日で火力乾燥する方式が主体になった。ところがこのところ、昔式の自然乾燥が見なおされ、日本各地の農場で再開されはじめた。また、山形県遊佐(ゆざ)町で佐藤多輝雄さん夫妻が作っている多兵衛米は、田植え寸前のぎりぎりまで一株一株ずつ有機肥料で育て、これぞ天然ムクの名米として評価が高い。この他にも日本各地には、米作りの名人がつぎつぎと登場している。米の食味に関しては、とかく銘柄名のみが先行するけれども、乾燥法の差も多く作用する。一番人気のコシヒカリにしても、乾燥法の差異によって食味は大きく変わる。

貯蔵法もしかりである。乾燥させた玄米をいかにうまく貯蔵するかは、食味保存にとってきわめて重要な課題である。高温多湿の夏場を乗り切るために低温貯蔵が求められる。米は生き物であるから呼吸させなければならない。日本の米が世界最高の食味を誇るのは、ひとつは貯蔵方式の向上によるところが大きい。収穫された米は玄米の形で麻袋・紙袋につめ、温度十～十五度、相対湿度七十～八十パーセントで貯蔵される。

アメリカ産ジャポニカ米からは、貯蔵用倉庫のシロアリ駆除剤に使用されるクロルピリホスが〇・〇三ppm検出された例が報告された（横浜国立大学環境科学研究センターの検査・アメリカ米六十品目から十四品目に検出）。クロルピリホスは残効性の高い殺虫剤で突然変異性、発ガン性、神経毒性が指摘され、コクゾウムシ退治のマラチオンとはまた別の新種の農薬である。オーストラリア産の米にはレルダン、スミチオンといった殺虫剤の残留物質が検出された。農薬は日本でも使用されるが、大きく異なるのは、その使用法と量である。アメリカ、オーストラリアの米は、収穫した米に農薬をふりまくポスト・ハーベスト方式で、これはレモンに農薬をふりまくのと同じ方式である。日本も農薬は一定量使うが、田んぼの稲にまくため、雨水で洗われ、残留農薬は田の水から川へ流れこむ。そこが決定的に違うのである。

また日本は米が主食であるため摂取量が多いのに対し、アメリカやオーストラリアは、野菜感覚で少量を食する。神経をやられるマラチオンを例にとると、日本の農薬残留許容基準が〇・一ｐｐｍであるのに対し、アメリカは八ｐｐｍであり、八十倍の差がある。

残留農薬は、食味とは直接関係はないため、米を「うまいか、まずいか」だけで判断すると危険におちいるのはそのためである。かつて輸入したタイ米に虫が混入していたことは、むしろ、こういった危険な農薬を使用していないことの証明と考えたほうがよい。値が安いというだけで外国米を食べることは、安全基準の上から、まだ多くの課題が残されている。

また、玄米を精製する時間も、食味には大きく関与する。もみのもみ殻をとったものが玄米である。玄米からぬか層を落としたものが胚芽精米である。そこからさらに胚芽をとったものが精米で、日本人の九十五パーセントが食するのがこの精米である。精米したての米がうまく、精米してから時間がたつと生鮮野菜のように、どんどん食味が落ちていく。うまいごはんを食べるためには、銘柄の差よりも、むしろどれだけ精米したてのものを食するかにかかってくる。かなりの料理通でも、ここのところにこだわる人は少ない。

最近、気鋭の米販売店では、店頭に精米機をおいて、三合、五合と少量ずつの玄米を、売る直前に精米する店が出てきた。こういった米販売店で、食べるごとに少量を精米すれば、どの銘柄でも格段に上等の味になる。また、食堂やレストランでも、玄米で仕入れて、その日一日分の米を毎朝精米して炊きあげれば、それだけで大繁盛することは間違いない。

他に注目すべき米産地は、稲のホンニョがけ（棒掛け）による自然乾燥をする岩手県いさわ郷、宮城県南方町（現・登米市）の広大なたい肥農場、秋田県稲川町（現・湯沢市）の有機栽米農場、山形県遊佐町の鳥海山雪解け水を使った減農薬農場、福島県白河市のアイガモを使った自然農場、茨城県岩瀬町（現・桜川市）の太陽熱利用穀類乾燥調製施設、千葉県旭市の干潟八万石、東京都三鷹市のほたるの里、長野県飯山市の誓約書付き特別表示米、岐阜県高山市の車田、静岡市の赤米栽培、三重県一志東部地域の淡水土壌直まき栽培、滋賀県高島町（現・高島市）の琵琶湖西岸棚田、広島県東広島市の酒米、福岡県嘉穂郡のレンゲ畑による有機減農薬稲作、佐賀県白石町のお盆の新米、と、いまや米は百花繚乱である。これはほんの一例で、日本中の生産者が安全でうまい米づくりにはげんでいる。

佐賀県白石の七夕コシヒカリは、旧暦の盆八月七日までに収穫される。コシヒカリは稲の背が高いため、台風が直撃しやすい佐賀県には不向きだとされてきたが、農業試験場の品種改良によって背の低いコシヒカリが完成された。これにより、日本で一番早くコシヒカリの新米を食べられるのが、この「七夕」なのである。

日本中の米農家が、こぞってこだわりの米を生産し、味覚を競っており、日本の米はますます磨きがかけられている。

新米

秋の新米のおいしさは、たまらなくふくよかなものである。新米の炊きたてで作った塩むすびが、日本人にとっては極上のごちそうである。新米は南から順番に出まわるため、日本各地の新米の精米したてのおむすびを南から北まで、いろいろと味わってみるのがごはん通の愉しみというものである。

新米は水っぽいと思われがちだが、新米でも乾燥・籾(もみ)摺りをするため、通常の米と変わりはない。貯蔵する玄米は水分十三〜十六パーセントが基準であり、貯蔵法の要点は、いかに新米の状態を保てるかにかかっている。貯蔵倉庫の保存はかなり発達したが、むしろ問題なのは、米が消費者に渡ってからの保存である。米は呼吸をしている生き物である。新米といえど、少量ずつ買い求めて、食べ終わるまでの期間をできる限り短くする。

世間で「新米」というのは、まだ新人で役立たずの人をいう。一人前ではない。新米を半人前として蔑視する風潮は、世間が古米や古々米で成り立っていることの証である。しかし、新米はそもそもは「新前（新前掛け）」の音変化で、仕事や芸事を始めてからまだ日数が浅く、慣れていない人の状態をいう。浄瑠璃の『夏祭浪花鑑』に「こいつめは此頃の新米、見れば骨も堅し」と使われたあたりから訛った。こういう訛り方は本来の新米にとって失礼であるから、そういうのは昔どおり、「しんまえ」で通すのが、ごはん通のとるべき態度であろう。

死者の枕元に供えるのは「枕飯」である。

「冷飯食い」というのは、生活能力のない者に対する蔑称である。冷飯組ともいう。これは冷飯は残りものであり、うまくないものであるから、世間で日のあたらない仕事をする者をそう呼ぶのである。仕事ができないから冷飯を食えばいいという意味と、とるにたらぬ仕事はあたかも冷飯のようだという意味の両面がある。

しかし冷飯はそれほどまずいものではない。おむすびは冷えてもうまいし、夏の冷やし茶漬はたいそう涼味のあるものである。チャーハンは冷飯で作ったものがよく、江戸前寿司もシャリは冷やしてから握る。冷飯組は、冷飯をまずいと思わなければ、

それですむ話であり、むしろ冷飯のなかに一定の価値を見出せば、思わぬ好転機を迎える。冷飯食いという言い方は、そういう転機をうながす激励がこめられており、これも米の力であるというべきであろう。

……

コメ知識3　**枕飯はかわりをすすめない**

枕元に一膳飯を置くのは、無精な学生下宿でもまま見られ、朝起きて、布団にも

……

ぐったまま、飯とたくあんをかきこむのは簡便食として一時流行した。田舎から息子の下宿に来た母親が下宿の戸をあけると、息子はまだ眠っており、枕飯が置いてあったため腰をぬかしたという事例があり、客の訪問がある日はこれを避けるのがよい。

『飲食事典』「まくらめし（枕飯）」の項ではつぎのようにある。

普通は死者の日常使用した茶碗に飯を高く盛って供えるが、地方によっては結び飯にして茶わんに載せ箸を十文字に立てたり、木と竹と一本ずつの箸を用いるところ、二本とも竹箸を立てるところ、飯の代りにダンゴをつくって枕ダンゴと呼ぶところもある。神道では土器（かわらけ）に杓子で山形に盛りかためるのを定法としている……現在では相なめの肉縁者でも手伝人でも、葬儀がすむと精進落ちまたは浄めと称して普通の酒食を用いるようになったが、ここにただ一つ出棺前にタチハ（立端）と称して給食する場合には酒を供せず、軽く盛った飯に豆腐の薄みそ汁程度を一椀ずつで、決してかわりをすすめないのは、時間の延引を防ぐためのようで、実は連日の心労と睡眠不足などを補う点にあるとしたら、いまの食生活にも示唆するものがあろうといわれる。

米の炊き方

米のとぎ方には諸説あり、しっかりと力を入れてとぐのが今日の主流である。かつてはとぎすぎるとぬかがとれて栄養分がなくなるとされた。最近の米はきれいに精米してあるため、不精な主婦のなかにはざるで水洗いするだけでいいという論もあり、実際、あまり力をいれすぎると米が砕けてしまう。しかし、といだだけで砕けてしまうような米は、たいした米ではないから、別の米にしたほうがいい。おいしいごはんを味わうためには、手のひらでこすりあわせるようにぎゅっぎゅっと洗う。白濁した水がなくなり、水が澄むまで洗う。とぎ方が足りないと芯があるぬか臭いごはんとなる。とぎあげた米はざるにあげて三十分ほど間をおく。

ごはんのおいしさは、米だけでなく水にもあり、水道水ではなく各地の銘水あるいはミネラルウォーターで炊くとよい。そのさい肝心なのは、とぐときに、最初に銘水を入れることである。なぜなら、米は最初の水を吸いこんでしまうからで、最初に水道水でといで、あとから銘水を加えても米の芯には水道水が残ってしまう。まず銘水でとぎ、つぎに水道水で四、五回といでから、最後にまた銘水をそそぎこむのがよい。

水の量は米の一・二倍から一・五倍が適量である。かために炊く場合は一・二倍がいいが、ふっくらとたおやかな食味にするためには一・五倍がいい。古米になるほど乾燥度が高いため、そのへんを調整する。

火かげんは「はじめチョロチョロ中パッパ、赤児泣いても蓋とるな」のことわざがあり、沸騰するまでは強火にして、沸騰したら中火で五分、弱火で五分、最後は強火で炊く。ただし、なぜ赤児が泣くと蓋をとりたくなるのかは、この格言の不明のところで、蓋をとってくれと泣きわめく赤児など聞いたことはない。いまはガス炊飯器、電気炊飯器が出廻って、ほとんどの家庭が炊飯器まかせになり、赤児が泣くことはごはんの炊き具合とは関係がなくなった。

米にこだわるのならば、鉄釜で炊く古式を復活させるのもよい。釜を火にかけてしばらくすると、木蓋のあいだから粘り気のある汁が出てくる。これを俗にねばというが、要は、ねばがふきこぼれぬように火かげんを調整すればいいのである。ねばが吹き出てきたら火力を落として中火にし、五分間たってから弱火にして、最後に強火にするのは釜の下にたまっている水分をとばすためである。

炊きあがったごはんは十分に蒸らすことも大切である。火をとめてから十分間は蓋をとらずにそのままにする。十分で十分（じゅうぶん）と覚えておけばよい。炊きあがり、蒸らし終わったごはんは、おひつに移しておく。木のおひつはごはんの水分を吸いこんで、いっそううまみを増す。

あるいはマキを使って飯盒（はんごう）で炊くのもよい。ふきこぼれを見ながら当意即妙に炊く。炊きあがった飯盒を逆さまに置き、蒸らしてから蓋をとったとき、ふわりと立ち昇ってくる湯気の香りは、田園の精霊たちがかなでるごはんの交響曲である。

おむすび

おむすびとおにぎりの違い

炊きたてのごはんでむすぶ塩むすびほど、贅沢でふくよかな味はない。おむすびのうまさは、一にも二にも米の品質のよさにかかわっている。新米が手に入れば、まず塩むすびにして、その米の品質を堪能する。

おむすびは小さな王国である。

おむすびはそれぞれが独立国家としての毅然たる意志があり、その主権に対して、にぎり飯とかおにぎりなる江戸時代よりの俗称を用いるのは、あまり感心したことではない。

「むすび」は神結びからきた言葉で、人間が両手にごはんを持って、それを心をこめて結ぶものなのである。ヒモを結ぶのと同じ「むすび」です。むすびの中に霊魂が入り、むすびの中で自然神と人とはむすばれた。これは平安時代の屯食（とんじき）にはじまる女房言葉であり、屯食として持ち運びに便利なものであったが、と同時に、それを食する人の身の安全を日本古来の自然神に祈ったものである。

それに対し、江戸時代以降流行した握り寿司のように、片手で軽く握るのが「にぎり」である。気合いをいれてぎゅうぎゅうむすんでしまったのでは寿司はうまくなく、さながら雲を包むようにふわりと握る。「にぎり」と「むすび」は本来別の用語である。

おむすびのことを東北地方では「みたまめし」とか「にだま」と呼んだ。これはむすびが単なるにぎりとは違うことを示す一例であり、その証拠におむすびには芯として具を入れる。

コメ知識4　**『名飯部類』がにぎり飯をはやらせた**

おむすびのことをおにぎりという言い方を私はよくない、と言っているのであるが、享和二年（一八〇二）に発行された『名飯部類』が、すでに、にぎり飯という言葉を使っている。これは、はなはだ不愉快であるが、なにぶん、私が生まれる以前のことであり、いかんともしがたい。「炒胡麻を撒貼る……」とあるから、にぎるのではなく、実態は、手で結ぶのである。

世人常に看花弄月の行厨に充て其製記するに及ばす品目を列する計り也といへど急速の為に一法を人の説によりて左に掲く　法には飯を常のごとく炊くに食塩を淅米一升に拾三匁のかけめを秤入て煮熟し枯竹皮の本末を切て水に濡し飯を竹皮上に攤攡し　尤大小好に随ふへし　堅団し巻て線条の類にて四五結定てしばし圧鎮し置庖丁にて切竹皮を去　炒胡麻を撒貼る　尤近火尋問に贈る時は摶団中に漬大根茄子の類を薄く切片し入たるよし

民俗学者の柳田国男は、農民の話を採集しながら大和初瀬の宿に泊ったとき、盆なしで給仕をしてくれた女中が、「テノコボンで御免なさい」と言ったことを見逃さない。「テノコボン」は戯語に属するもので、にゅっと手を差出す不作法である。笑いで片付けようとする一種のてれ隠しであって、それも指で物を摘まむ。東京では普通心安い者に椀や皿を手渡しする。

テノクボは手のひらを窪めて作った窪みのことで、クボは太古の土製食器のひとつである。手の窪みを皿がわりにして、食べ終ると手のひらをペロリとなめる。

「手の窪は個人私有」であり、「食物の分配は手のひら」に始まり、飯汁を椀(わん)に盛るのは「配給の原則」である。餅やむすびが小さく丸く均一なのは「平等の私有」という発想でモチの語源は長持ちする「モッ」と、手に持つ「モッ」の二つの動詞の合体とする。仮説となる語源は各地で採集してきたデータにもとづいている。

柳田にあっては、こういった考証が味なのであり、田舎旅館の貧相な食事であろうが、たちまち民俗学の美味となった。話は、カガミモチのカガミは各人に平等にむけられる鏡で、ここに食物分配の本来の意義があるとする、ととどまることを知らない。

この話は『食物と心臓』（昭和十六年刊）に収められている。柳田は、この本の巻頭で「鏡もちはなぜ丸いか」さらに「握り飯はなぜ三角であるか」に関して、自説を説いている。

結論をあかせば、マルも三角も心臓の形であるからで「最も重要なる食物が、最も大切なる部分を構成するであろうというのが古人の推理」とする。コミュニストの志賀義雄は「獄中で読んだ柳田先生の本」のなかにこの一冊をあげてひどく感激し、のち郭沫若(かくまつじゃく)にもこの本を渡したという。

「生と死と食物」では「日本人が死者の霊前に食物を供す」ことの意味を推理していく。死者に供する「枕飯(まくらめし)」とはなにか。その飯の残りをどうするのか。雑煮とナオライ。午餉(ひるげ)と間食。米櫃(こめびつ)の由来。親の膳。影膳。ゴマメの歯ぎしり。タツクリ。

……

タツクリとは、田植えの日の食物に必ずタツクリを食べる習慣から来るもので「田作りの魚」の略語だとする。

……

おむすびの芯

おむすびに入れる芯、つまり具の人気は、1位塩鮭、2位梅干し、3位タラコである。4位かつおぶし、5位切り昆布つくだ煮、とつづくが、鮭、梅干し、タラコが断然他を圧倒している。

終戦直後のおむすびの梅干しは種が入っていた。家庭の主婦が雑事に追われて梅干しの種を抜くひまがなかったためと思われるが、うっかり丸ごとかじって種にあたると、頭の芯にジーンとしびれがきた。おむすびを食べ終わると梅干しの種を割り、種の芯を食べた。通称天神様といわれる芯で、菅原道真公の霊力が脳に稲光をおこして頭がよくなると信じられていた。種の中にさらに芯があり、さながら宇宙の核を見る思いでおむすびを食したのである。

現在のおむすびの梅干しは種をとってある。6位梅おかか、7位メンタイコ、8位貝つくだ煮、9位きゃらぶき、10位しいたけの煮しめ。

その他、シソの実、タケノコ煮、牛肉煮（韓国流）、魚の味噌漬、とありあわせのものを入れればよい。最近ではスーパーでツナのおむすびが青年子女のあいだで人気を博し、名古屋より発した《天むす（エビ天を入れた小さなむすび）》も人気がある。うなぎのかば焼きをむすびにした《うなむす》もたいへん美味なものである。また、塩むすびにコンビーフ缶詰というとりあわせは一時、贅沢なものとして流行したが、コンビーフの衰退とともに人気を失った。


おむすびの基本型は三角、丸型、たわら型の三種があり、木型を使ったものは形は整っても崩れやすい。スーパーの営業用幕の内弁当のような形を家庭の主婦が踏襲することはない。形は悪くても、ひとつずつ手でむすぶ手間を惜しむべきではない。

形を整えるために木型で押し抜く方法は、江戸時代の芝居小屋で供された幕の内弁当にはじまり、これを「にぎりめし」といった。たわら型の木型にごはんをつめ、押し蓋を押すと、一回で九個のにぎりができる便利なものである。三角型、ひょうたん型、梅型などの色とりどりのにぎりが幕の内弁当に使われた。

おむすびのむすび方は、手をよく洗ってから布巾で拭き、塩をふって、両手のひらで押すように形を整える。最近ではラップむすびといって、ラップでごはんを丸めて作る方法もあるが、不作法である。また子供用にクマの顔、ウサギ、犬、象などの型になるプラスティック型抜きもあるが、ウサギ型など耳の部分が崩れてしまい、弁当用としては不向きである。ただし、子にたくさんごはんを食べさせようという親心からと考えれば、一概に批判することもないであろう。

最近は具を中に入れずに、むすびの外側に出す方法が流行している。これは営業用むすびの影響で、具に何が入っているかを一目でわかりやすくするためであるが、見た目の美しさに欠け、おむすびの本道に反する。饅頭の具を外側に出す愚と同質であり、おむすびをかじってみて出会う具の感動に欠ける。

おむすびさまざま

豚の角煮を入れたむすびは中国のちまきである。台湾料理店に行けば、肉ちまきはどこでも売られている。中国ちまきは餅米で作られており、日本の赤飯むすびも、餅米である。赤飯のような強飯(こわいい)は、日本の場合は具を入れず塩ゴマをふりかける。

おむすびをまぜ飯にしてむすぶ方法もあり、たとえば京都の旅館で供されるちりめんじゃこ、山椒若芽煮をごはんにまぜたおむすびは、ごはんにじんわりと季節の香りがあり、たいそう滋味に富むものである。塩鮭の切り身を最初からごはんにまぜてむすぶ方式もあり、タケノコごはん、マツタケごはんで作るむすびも季節の味としてよろしい。また市販のふりかけを、ごはんにまぶす即席むすびもあり、これも手軽でありながらよく研究されている。

おむすびの大きさは用途によって三とおりあり、新興の天むすびが直径三センチ、家庭用は直径五センチ、地方の弁当用大むすびは直径七センチである。七センチ、五センチ、三センチの七五三が基本であるが、それに関して慣例法則はなく、したがって、祭りやハレおよび儀式のときは、炊きあげた釜のすべてのごはんを使って直径十五センチの大型むすびを作ってもよい。

おむすびの最小型は飯つぶ一粒であり、これを爪楊枝の先に刺し、醬油をつけて酒の肴にするごはん通もいる。また直径一センチほどのおむすびを海苔で巻き、一口むすびとするのも酒の肴によい。一口むすびを大量に作って、ざるに山のように盛りあわせて供す。

おむすびは携帯食であるから、海苔を巻く方法が生まれた。海苔のほかタカナ、とろろ昆布、赤ジソ漬の葉を巻く方法もある。また、焼きむすびはむすびの両面に味噌、醬油を塗りつけ、焼き網であぶる。豆板醬（トウバンジャン）を塗ったものもよい。焼き網のかわりに、フライパンで焼くとかりりとした歯ごたえがある。

変わりだねとしてはバターごはんの焼きむすびがあり、炊きたてのごはんにバターと醬油少々をまぜあわせてフライパンで焼くと、ことのほか美味である。バターのかわりに、とろけるチーズをまぜてもよい。

牛肉包み、豚肉包みも、調理さえうまくいけば思いのほかよい。薄切りの牛肉あるいは豚肉をしょうが醤油につけ、むすびに巻きつけて二百度のオーブントースターで六分間焼く。このようにおむすびは、米本来のうまさが十分に発揮される。

粥と雑炊

粥と雑炊はどこが違うか

「粥」といえば本来は白粥のことで、水の量を多くしてお米をやわらかく炊いたものであり、「雑炊」は御所の女房詞のおじやで、じやじやと音をたてて煮えるところから「おじや」という。「雑炊」は残り飯を土鍋に入れて煮たてたもので、水を増すところから、もとは「増水」と書いた。「雑炊」はあて字である。

古代の米の調理法には蒸す方法と煮る方法があり、蒸した米を「いい」と呼び、それは現在の「おこわ」である。「いい」に対し「かゆ（固粥）」というものが現在の炊飯であり、いま、われわれが食べているごはんも粥の部類に入る。ごはんはかたく炊いた粥である。ふかしたものが「おこわ（強飯）」で、煮たものが「粥」と考えればよい。

「かたかゆ（堅粥）」と「しるかゆ（汁粥）」という区別もある。平安時代の宮中の女性は、「しるかゆ」を食べていた。「みずかゆ」、「ひめがゆ」ともよばれていた。ことに平安時代は陶器が盛んとなり、米を煮る「しるかゆ」が主流になった。鎌倉時代以降は、寺院食はほとんど粥食である。「かたかゆ」を「飯(めし)」というようになったのは、鉄器が普及した室町時代以降になる。

江戸時代に入ると、粥は関東ではもっぱら病人や妊婦の食用となり、関西では倹約の象徴となった。

古代の米は、モミを脱穀してこしきで蒸したものであり、底に穴があいたカメが遺跡から発見されている。米は貴重品である。奈良時代から平安にかけては、米はごく上流階級の食事に限られ、白米(しろごめ)が上級で下級役人は黒米(くろごめ)である。一般庶民は米は食べられずヒエ、アワ、ミノの「しるかゆ」であった。『古事記』の誦者、稗田阿礼(ひえだのあれ)には、ヒエの名がついており、奈良にヒエ田が多くあったと推察される。一般庶民にとっては菜類のほうが常用の食料であった。

雑炊は、本来は「こながき(糝)」という米の粉に水を加えて煮たてたものである。現在の雑炊とは違うが、神食として食べられたところが共通している。粥は古来は塩を加えないもので、つまり現在のごはんと同様だが、雑炊は味をつけ、さらにカブラ、ダイコンの茎、ミズナ、ミツバ、セリ、ヨメナ、ニラなどを加えた。「いれめ」という呼び名があるのはそのためである。

したがって正月の七日に食べる七草粥は本来は雑炊とよぶべきものである。中国粥には具が入ったものが多く、粥と雑炊の違いは、現在ではほとんどなくなった、といってよい。

コメ知識5　ふかしたのが強飯で、煮たのが粥である

粥の煮かたにも流儀があった。鍋に米と水を入れて煮だし、蓋をとって二、三粒を柄杓（ひしゃく）ですくって食べ、少し芯があるくらいのときに薪を引き出して蒸らすのが通とされた。こうして煮た粥は甘みがあって、身体によいとされ、関西地方で賞味された。また禅家の山門では「一笠一杓」と称して、山門に登る雲水の笠が見えるたびに柄杓一杯ずつの水を加えて、一山平等に分かちあった。雲水の笠が増えるごとに粥は薄くなったという。

『飲食事典』「かゆ（粥）」の項は、関西と関東のちがいについて、次のように書いている。

関東人は粥を好まず、京阪人が毎朝の常食にするのを吝嗇として笑ったものだが、これは土地の風習で、関東では飯を朝だきにするから胃腸病者か小児のほかは食馴れる機会が少ないためであり、関西ではもっぱら昼だきのならいであるから残飯の利用法として利便と経済とを兼ねた思いつきと見るべく、伝説によると聖武天皇が南都の大仏殿を建立された時、大和の民は粥をすすって米を食い延ばし、造営のお手伝いをしたのが奈良茶の起源だといい、また豊臣秀吉は微賤の昔を忘れず死ぬまで割粥（わりがゆ）を好んだともいわれる。粥にもいろいろあって正月の七種（ななくさ）粥・小豆粥などは『延喜式』に出ており、高田与清の『松屋筆記』にも「粥の類いと多かり、尾花の粥・白粥・温糟（うんぞう）粥・豆粥・粟粥・茶粥・汁粥・栃粥・蔬粥等」云々とあって現に何でも入れられる……

コメ知識6　『本朝食鑑』は五穀の粥をすすめている

七草（ななくさ）粥は、もとは米、小豆、黍、粟、山芋などをあわせて煮て粥にしたものであった。米を倹約する意味もあるが、五穀その他をブレンドして煮たきするわけだから、ブレンドの割合によって味わいが変わった。これを現代に応用し、古式七草粥を供すればよい。

『本朝食鑑』では五穀の粥をつぎのようにすすめている。

米を糒（ほしいい）のように麁末（あらびき）に磨（ひ）き、これを煮熟（よくに）て粥をつくる。これを俗に割粥（わりかゆ）といっている。それに対して米および飯を煮熟て粥にするのを円粥（まるかゆ）という。これらもそれぞれ軽重に程度があるので、適当に虚実の用を使いわければよい。

五穀および菽（まめ）・蕎（そば）は、いずれも粥にすることが出来る。就中（とりわけ）大麦の粥は、宿痾（ながわずらい）や羸弱（るいじゃく）の人が毎（つね）に嗜むものである。稗（ひえ）粥は野人の食である。赤小豆（あずき）の粥は、米に小豆をまぜて煮熟（よくに）たもので、正月十五日には昔から上下ともにこれを啜（すす）る。当今は赤豆粥に餅を入れて嘗（あじわ）うのが習慣になっている。倶（とも）に邪を避けるという。庚申（こうしん）の夕べにも、上下ともに赤豆の粥を啜るが、これはまだどういう謂（わけ）かわからない。昔は上元の日に、赤豆の粥と同じく七種（ななくさ）の粥を献上した。七種とは、米・小豆・大角豆（ささげ）・黍・粟・菫子（未詳。菫子（れんこん）・菫子（みのごめ）か。菫なら、水辺の菜の名）・薯蕷（やまいも）のこと。あるいは白穀・大豆・小豆・粟・栗・柿・大角豆のことともいう。一般には、正月七日に上も下も薺（なずな）の粥に焼餅を入れて嘗（あじわ）う。これが七種の菜になぞらえたものとすると、新を迎えるという意でもあろうか。

日本の粥

粥には、水を入れる量によって三分粥、五分粥、七分粥、全粥がある。

名称	米	水	特質
三分粥	1	15	汁が多く、幼児、高齢者、病人および宿酔いにもいい。
五分粥	1	10	七草粥むき。さらさら味で口あたりがよい中国粥。
七分粥	1	7	梅干しで食べるのに最適。粥の定番。
全粥	1	5	汁が少なく、トロリとした甘みがある。

水が多ければそれだけで水分が多い粥になり、水は好みで入れればよい。四分粥に

したければ米1に対し水13である。

　しっかりとした粥を作るためには、粥が煮たってから水を足してはいけない。ナマの米から炊くのが本式で、米はよく洗って、鍋に好みの水量を入れて三十分以上おいてから炊く。全粥が米1に対して水5であるから、通常のごはんを炊くときの三倍以上の水と考えればよい。また、中国粥の場合は沸騰した湯のなかに洗ったナマ米を入れる方式もある。

　粥を煮るには土鍋がよい。土鍋は熱がじんわりと伝わり保温力がある。鉄鍋で煮ると米が煮返ってポップコーンのようにはぜ、味が落ちる。煮ると分量が増えるため、大きめの鍋を使う。煮る時間は、五十分から一時間、蓋をかけて弱火でコトコト煮る。煮ている途中に箸でかきまぜると、米がのり状にべちゃべちゃになるため、一度煮はじめたら信念を持ってかきまぜないようにする。

　所用で忙しい人は、炊いてあるごはんで作るのもしかたがないが、その場合は、ごはんをざるでよく水洗いしてねばりをとり、ごはんに対して二倍から五倍の湯を加える。水から煮ずに熱湯へ入れて煮るとべとつきが減る。できあいのごはんから作るときは蓋をかけない。水の減りかげんを見やすくするためである。梅干しで食べる標準粥の場合は、ごはんの五倍の水を目安とする。

白粥

李時珍の『本草綱目』につぎのような話がある。「昔、山中の翁に会ったことがある。百余歳をすぎて顔色は光潤、手足もなお健やかで、『どんな薬草を食してこんなに長生きをなさったのですか』と尋ねると『毎日白粥を食べ、飽きるとやめるだけで、それ以外にとくにこれといったことをしていない』と答えた」。また「ある四十余歳の士人で、常に腹を下していた者が、毎日白粥あるいは大麦粥、あわ粥を食べて薬剤を服さず、こうして五年たつと、下痢症は全快し、ついに九十歳をこえて亡くなった。してみるとこれこそ脾臓をよく調え、元気をまし、五臓を養うものである」。

白粥は薬用あるいは長寿の食事として尊ばれてきた。風邪をひいたり腹くだしのとき、白粥に梅干しひとつを入れて食せばよい。するとそのうまさに開眼し、病気でなくても食べたくなる。白粥は病食というより、白飯とはまた別の滋味がある健康食として見なおされてきた。梅干しとかつお節をまぜたもの、塩辛、漬物、納豆、海苔つくだ煮があう。消化がよいため、夜食、飲酒後にもむく。

また白粥に塩味をつける場合は、煮たってから最後に少量の塩を加える。最初から塩を加えると、粥がべとつき、味がくどくなる。

麦粥・玄米粥

健康ブームに乗って近ごろ見なおされている粥に麦粥と玄米粥がある。たとえば、ドイツでは集団セラピー（精神療法）のメニューとして味噌スープと玄米粥が用いられる。昭和三十年代には、玄米や麦は貧乏人の食事とされ、池田勇人蔵相が「貧乏人は麦を食え」と言って物議をかもしたが、池田蔵相の真意は、終戦後の食糧難にあたって、美食をつつしみ、国民の栄養改善を提唱した善意と見るべきであろう。

『本朝食鑑』には「これを嗜む者は常に食べても厭かず、米とまぜあわせて飯にしたり粥にしたりして食する」「農家では常食としており、身は軽く力は健かで平生無病、よく寿いを保つ者が多い」と賞賛している。

麦粥は味は淡甘で滋味深く、歯ごたえのあるもので、料理店で注文すると、麦粥のほうが白粥よりも高価なものとなった。いまは金持ちが麦を食う。

玄米粥は白粥に比してタンパク質、脂肪、ビタミンなどを多く含んでおり、栄養価が高い。ただし種皮の繊維質が残っているため消化吸収が悪く、そのぶん過食しすぎず便秘を防ぐ効用がある。

玄米を炊くのは圧力鍋を使う。白米(しろごめ)と同じように炊いたのでは固すぎて食用にむかない。普通の釜で炊くと二度炊き、三度炊きになり、途中で面倒になる傾向がある。それでは困るので圧力鍋を使う。まず水洗いは、両手をすりあわせて、もむようにする。それから一時間ほど水につける。米1に対して水8の割合にする。強火にして圧力鍋がピーピーと音をたてたら弱火にして三十分間ヒュルヒュルと音をさせて煮たせ、火を止めて十五分おく。それを土鍋に移して、もう一度あたためる。

うっすらと土色をした玄米粥は、古代人の食卓を想わせる抒情があり、米本来の滋味が深い。あっさりとした味なので、漬物や野菜炒めのおかずがあう。

七草粥

正月の七日に食べる粥で、春の七草、セリ、ナズナ、ゴギョウ、ハコベラ、ホトケノザ、スズナ、スズシロを白粥に入れる。七種入れるのが万病予防の縁起で、古くは『延喜式(えんぎしき)』から伝わる七草粥である。小倉百人一首に「君がため春の野に出でて若菜摘む……」とあるのも光孝天皇が皇子時代の詠歌である。室町時代には味噌が伝来し、足利一族の家風では味噌を加えて雑炊とした。そのためいまも関西地方では七草雑炊と呼ぶところが多い。

京都の本格的七草といわれたのは七野の七草と称して「大原野のセリ、内野のナズナ、平野のゴギョウ、嵯峨野のハコベラ、蓮台野のホトケノザ、紫野のスズナ、北野のスズシロ」をそろえて皇室へ納めたのがならいであった。庶民のあいだでは、ナズナが七草を代表して、ナズナだけで七草分とした。

作り方の風習として「なな草なずな、唐土の鳥が、日本の土地へ渡らぬさきに」と口ずさみながら、七草を包丁で叩いた。これは大陸から渡来する渡り鳥を食べすぎて、壊血病などの悪疫に冒されないための、早春の行事であったが、いまでは、正月料理を食べすぎたあとの胃腸の調整とされている。

シーズンになると青果店やスーパーに「七草セット」として売り出されるようになった。広島で有機農業をする梶谷農園主人は図鑑で見た七草が農場に育っていることに気がつき、「春の七草セット」として売り出して大当たりした。それまで、汗を流して取って捨てていた草であった。梶谷農園は除草剤を使わないため、七草が育ったのである。七草のなかにはアクが強いものがあり、セリ、ナズナ、あるいはスズナ（小かぶの葉）・スズシロ（大根の葉）あたりを加えるだけでもよい。

七草はよく洗ってみじん切りしてから、さっと塩を入れた熱湯でゆがいておき、白粥が煮あがったところへ入れ、すばやくかきまぜる。家庭で作る七草粥は、七草をぶつ切りにして大量に粥にまぜるため、さながら雑草雑炊のようになる傾向があり、小児は食べたがらない。七草は少量のほうが味がよく、見た目にも食欲をそそる。粥に餅を入れる作り方もある。

イモ粥

芥川龍之介の小説に出てくる「芋粥」はヤマイモを、皮をむいて甘葛（あまずら）の汁で煮こんだもので米は使われていない。『宇治拾遺物語』に、藤原利仁将軍が、五位の人にイモ粥を食べさせようとして、京都から任地の敦賀まで連れていった話があり、芥川はその伝承をもとにこの小説を書いた。このヤマイモは、現在のジネンジョである。のち、ヤマイモを乾燥させて粉にしたものを用い、またヤマイモを粥に入れる方法もあった。いまはサツマイモを使うものが多い。サツマイモを角切りし、みょうばん水に三十分ほど漬けて煮たたせ、粥にあわせる。やわらかい粥とイモが一体となり、ほんのり甘いたおやかな味覚が身上である。

茶粥

前夜の残り茶を煮返し、残飯を入れて粥にしたのがもとで、ごはんを昼炊きする関西の風習から始まった。いわば倹約粥だが、食べなれると捨てがたい味である。茶粥を食すれば茶を飲んだことと同じ効用があり、ビタミンCとタンニン系の滋養分が摂取される。タンニン系はでんぷんの過剰吸収を制限するため、胃にもたれず、さらりとした風味がある。

茶は一種の興奮効果があるから精神をひきしめる効用もある。

大正時代の統計で、胃ガン患者の死亡率が一番高いのが奈良県で、その原因は茶粥にあるとされて、子に茶粥を食べさせない運動がおこったが、これはまったく事実誤認で、茶粥にとっては気の毒な事件であった。

冷飯で作るのを「入れ茶粥」というが、米から作る「揚げ茶粥」は、まず五分の白粥（米1に対し水10）を作り、五十分ほど煮だしてから粥だけをざるにとり、茶碗に入れて新しい茶をそそぐ。さらさらとした味にいれたての茶の香りがふわりと漂う風味を楽しむ。

コメ知識7　**七草は図をよくみて摘むべし**

野草を摘んで粥に入れるのは、たいそう風情があり、かつ滋養に富む。歌人斎藤茂吉夫人は、野の草を摘んで夫や子らに食べさせたが、実際には食べられない草が多く、家族は下痢をして苦しんだと、息子の斎藤茂太氏が回想している。家庭の主婦は、春の七草は、左図を見て、よく調べてから摘みとることが望ましい。

コメ知識8　**芥川の小説『芋粥』は、平安朝の物語である**

五位は五六年前から芋粥と云う物に、異常な執着を持っている。芋粥とは山の芋を中に切込んで、それを甘葛の汁で煮た、粥の事を云うのである。当時はこれが、無上の佳味として、上は万乗の君の食膳にさえ、上せられた。従って、吾五位の如き人間の口へは、年に一度、臨時の客の折にしか、はいらない。その時でさえ飲めるのは僅に喉を沾すに足る程の少量である。そこで芋粥を飽きる程飲んで見たいと

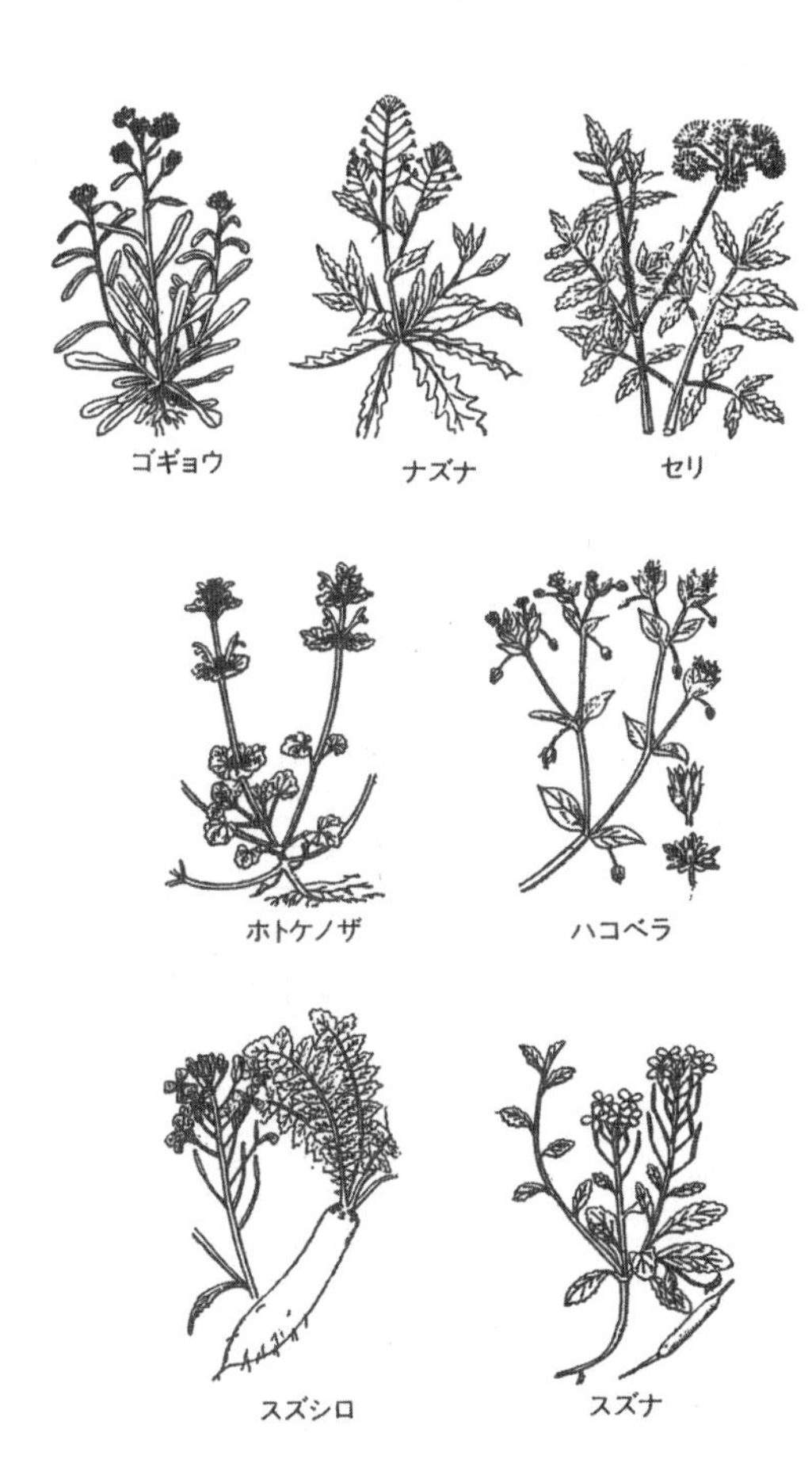
ゴギョウ
ナズナ
セリ
ホトケノザ
ハコベラ
スズシロ
スズナ

云う事が、久しい前から、彼の唯一の欲望になっていた。（『芋粥』新潮文庫版）

　芥川の文壇へのデビュー作といえる『芋粥』は「新小説」に掲載された。芥川は二十四歳で、この年帝大英文科を二十人中二位の成績で卒業した。この年、漱石は、芥川への絶賛をのこして死去した。『芋粥』は平安朝の「某と云ふ五位」の男の物語である。この男は芋粥を腹いっぱい食べることを唯一の望みとしていたが、藤原利仁という男がその願いをかなえてくれる。ところが大量の芋粥を食べて、うんざりとする幻滅を味わう。中学生のころ教科書で読んだ記憶がある。得意気に人生の極意を説いている寓話という感じがあり、読んだときに、教訓が鼻についた。いかにも教科書むきの作品だ。そういう記憶をもとに、もう一度『芋粥』を読みなおしてみると、その思いこみは、とんでもない間違いであることがわかった。

　芥川は、遺書のなかで、自殺する動機を、「何か僕の将来に対する唯ぼんやりした不安である」と書いている。その「生きることのぼんやりとした不安」が、すでに『芋粥』のなかにある。

　主人公の男は、食べたいと願っていた芋粥を食べすぎた結果幻滅するのではない。そこのところを、せつないほど精妙に芥川は書き切っている。主人公の「某と云ふ五位」は、芋粥を腹いっぱい食べられると決ると、「芋粥を食ふ時になるといふ事が、さう早く、来てはならないやうな心もちがする」のである。「せつかく今まで、何年となく、辛抱して待つてゐたのが、いかにも、無駄な骨折のやうに見えて」しまい、一旦なにかの故障があって芋粥が食べられなくなればいいと考える。それでも親切を装った藤原利仁に、意地悪く笑いながら「遠慮は御無用ぢや」と強引に食わせられるのである。

『芋粥』は、「飽食の幻滅を知る」話ではなくて「飽食を強要される恐怖」を描いた作品である。主人公の「某と云ふ五位」が芋粥を腹いっぱい食べたいと願う心のなかに、最初から腹いっぱい食べることの不安がひそんでいる。「食べたい」と思いつつも「食べたらそれっきり」という不安は、そのまま芥川の嗜好につながる。

雑炊

雑炊はもとは「増水」であり、穀類の粉を熱湯でかいた補食、「おもゆ」あるいは「くずゆ」に似たものであった。古来、粥は塩味をつけず、塩味をつけ野菜その他をあわせたものは「雑炊」のあて字で使うようになった。したがって雑炊も米の倹約からはじまったもので、米の代わりに、ヒエ、アワ、麦粉などを代用した。戦中・戦後のスイトンも雑炊の一種である。雑なものを煮あわせるのが雑炊であった。

しかし経済成長で生活が豊かになると、フグ鍋、スッポン鍋、鯛シャブなどのあとに、だしがたっぷり出た汁へ冷飯を入れて食べる雑炊が人気となった。雑炊は、本来は米の粉に水を加えて煮たてたもので、いってみれば粥の代用であったのだが、いまや粥の上等品と変わりつつある。これは中国粥の影響もあるが、米を水で煮ただけの粥に対し、さまざまな味がついた雑炊のほうが珍重されるのは、古来、米の味に敏感な日本人にむいているためであろう。雑炊の場合も、本格は粥と同じく米から煮たたせる方法もあるが、鍋料理の終わりに冷飯を加えて一気に煮あげるところにも妙味がある。フグ鍋、スッポン鍋は鍋料理そのものよりも、最後の雑炊を楽しみにするごはん通が増えた。

雑炊は、鍋料理でできたスープを最後にすべて食べてしまう合理的な調理法である

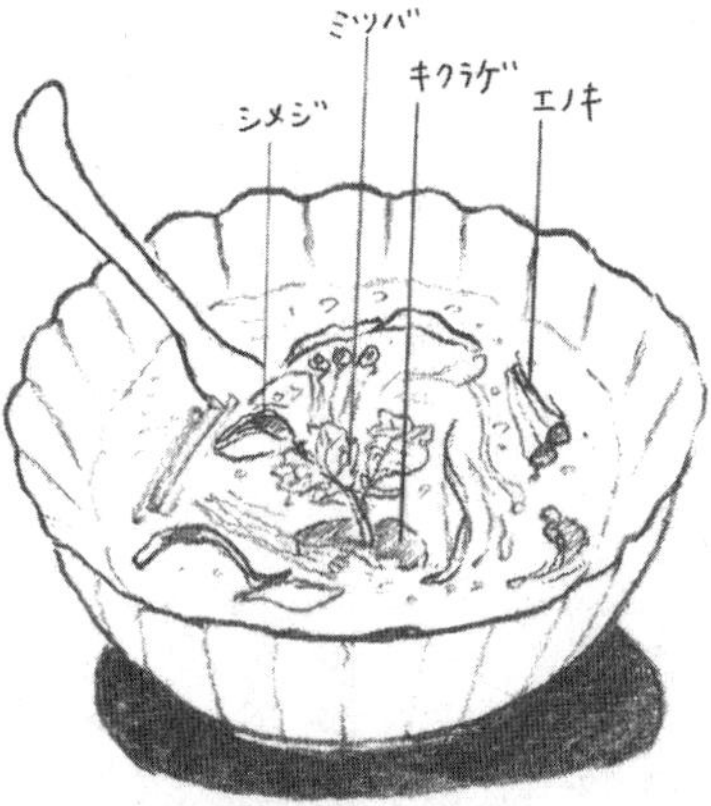

シメジ
ミツバ
キクラゲ
エノキ

和風キノコ雑炊　手に入るキノコをいくつか入れて雑炊としたもの。キノコを雑炊に入れると風味がよくわかります。森の霧のなかをさまようような味がする。

が、家庭で作るときは鍋に野菜や魚片の具が残ったまま冷飯を加えるため、せっかくのうまい雑炊が、田舎雑炊のようにドロドロになる。鍋が終わった段階で、一度、だし汁のなかを網ですくって、具をすべて捨てたスープに冷飯を入れて仕上げる。博多ネギをきざんだものをちらし、少量の塩で味つけして食す。また、土鍋の底についた雑炊のおこげは格別の美味であるが、店ではやらせてもらえないので自宅でやる。ただし土鍋の傷みが早まる。

雑炊はキノコとの相性がよく、四季おりおりのキノコを数種あわせたキノコ雑炊は、どこの家庭でも簡単に作ることができる。そのほかに、日本でよく好まれる雑炊はつぎのものである。

モズク雑炊

冷飯はざるにあけて水でよく洗う。これは、いっさいの雑炊を作るときの基本で、米のねばりをとり、さらりとした口あたりにするためである。モズクはごみをよくとりのぞき、塩出しを十分にして、食べやすい長さに切る。

好みのだし汁（昆布あるいはかつおだし、塩、薄口醤油、酒）を沸騰させ、洗った冷飯を入れ、ころあいを見計らってモズクを入れ混ぜて火を切る。器に盛っておろししょうがを多めにのせると、ヒヤリとした冷気が出て暑気払いによい。

鶏(とり)雑炊

鶏のささみは筋を切って塩をふって蒸し、手でさいておく。それをだし汁で煮たてた雑炊に入れて、ミツバをハラリとちらす。あっさり味を好む人は和風だしでいいが、こっくりと鶏のうまさを楽しむ場合は市販の鶏スープを加える。パック入り、缶詰スープのいずれでもよい。粒状鶏がらスープでもよいが、粒状は塩分が入っているため大量に使用できない。無塩の鶏スープをたっぷりと使うのがコツである。また、鶏鍋を作った残り汁で作るのもよく、その場合は、口中に鶏肉の感触が残っているため、味を変えて、鍋中の残った具はすべて取り去り、酒を少量加えて、溶き玉子、博多ネギをのせ、ぽん酢醬油で食す。

カキ雑炊

冬の味覚である。生ガキはよく洗ってからざるで水気をきり、塩と清酒をふり、生ガキの水っぽさをとり、味をしみこませておく。

だし汁を煮たたせ、冷飯を入れ、煮たったところへカキを入れまぜて一、二分で火を切り、カキが煮えすぎぬうちに食べる。鍋にゴボウ、長ネギ、シイタケなどの野菜を入れてもよいが、あまり入れすぎるとオバサン鍋になる。日本の主婦は鍋となると、定番のように、ハクサイ、シイタケ、ニンジン、シュンギク、セリ、ダイコンなどを入れるが、これをやると、すべての鍋が同じ味になってしまう。鍋によって野菜の種類を変えることが肝心である。

このほか、ナメコ雑炊、ハマグリ雑炊、玉子雑炊、カニ雑炊、あんかけ雑炊、エビ雑炊、などが定番であるが、うなぎを使ったう雑炊も美味である。

う雑炊

うなぎのかば焼きが一串残ったときに作るとよいが、最初からう雑炊を作るつもりでうなぎのかば焼きを買ってきてもさしつかえない。かば焼きは少々酒をふりかけて軽くあぶりなおし、一口大に切る。せん切りしたシイタケと一緒に冷飯で煮こみ、ミツバをかける。このとき、だし汁に市販の鶏スープやスッポンスープを加えても、格別の味となる。

コメ知識9　**鍋料理は終わりの雑炊がうまい**

近ごろ、フグ鍋（鉄ちり）、スッポン鍋が高価なものとして喜ばれているけれども、料理通は、鍋のときはあまり手を出さずに、ひかえめに食べる。これは鍋料理をひととおり食べ終わってから、最後に出る雑炊を愉しみにしているからである。鍋のときは、清酒をちびりちびりと飲み、腹四分ぐらいにしておき、最後に鍋のだし汁で作る雑炊を食べる腹を残しておく。鍋に出た野菜および魚貝のエキスを吸いとった雑炊こそが至上の味である。

『飲食事典』「ぞうすい（雑炊）」の項ではつぎのようにある。

塩味を加えると加えないとでカユとの区別をつけられた。古来白カユには塩味を加えないのが本格となっている類いである。雑炊とは蔬菜その他を併せ煮るようになってからの当字であり、「おじや」とよぶのは女房詞である。味噌を加えたのを「みそうづ」、女房詞では「おみそうづ」ともよんだ。醬油味にも仕立られ始めたのはずっと後世らしい。正月の七種ガユは『延喜式』にもでているが、関西地方ではカユでなく味噌を加えて雑炊にするところが多い。京都では正月七日に塩雑炊を作って「ふくわかし」と唱え、室町の足利将軍は家風として七種の「みそうづ」を祝ったといい、内裏にもその例があり、歴代の大嘗会に幄舎で給される深夜食は、芹の入った鴨雑炊で、最近もそうであったという。

コメ知識10　**雑炊は江戸庶民料理の花形であった**

『名飯部類』は多くの雑炊を紹介しているが、ここにはそのうち一つをあげる。ふぐちりは江戸の連中はことのほか珍重したもので、芭蕉は「あら何ともなや昨日(きのう)は過ぎて河豚汁(ふぐとじる)」と詠み、蕪村は「鰒汁(ふぐじる)の宿赤々と燈(とも)しけり」と詠んでいる。

河豚(ふく)ざうすい
河豚(ふぐ)は毒魚(とくきよ)なれは食(くら)ふへきにあらされども名(な)のみ出す　一沸(ひとふき)して再(ふた)び賞(せう)し食ふなり
前に初より煮(に)食ふを聞(きか)ず

コメ知識11　**ハマグリ雑炊で春の訪れを知る**

つぎに引用するのは『素人庖丁』からであるが、ともに自宅で土鍋で作るのがよい。う雑炊はうなぎ屋より白焼きを仕入れて作れば素人でも簡単。ゴボウは入れなくてもよい。ハマグリ雑炊は、まずハマグリ鍋で清酒を飲み、残りの煮汁を応用する。土鍋に湯をたぎらせ、ハマグリの蓋があいたら、すばやく取り出し、半生ぐらいでぽん酢醤油で食す。よくだしの出たハマグリ汁は、清酒の肴によい。汁物を肴にすると、酔い方がじわりときて、春の訪れを知るのである。

うなぎ雑吸
是はうなき中なるものを先首をとり腸を出し小口より二分程に切はなし常のごとく仕立たる雑すいにごぼうさゝがき又は五分切ねき抔と一所に焚て干さんせう上に置て出すべし

蛤雑吸
是ははまぐりをさつと湯煮して身をとり出し前のごとく雑吸のよく熟したる時右のむき身を入てまぜ合盛りて出すべし。せり。みつば抔あしらいて。こせう尤よし

中国粥

中国古典『食経』に蓮子粥と桃仁粥が出てくる。蓮子とは蓮の実のことである。蓮の実粥を食べると精神が安定し、頭がさえ、意志が強くなり、耳と目がよくなる、とされた。蓮子粥は煮熟させて、すって泥のごとくする、とある。空腹時にこれを食す。

桃仁は桃の実の種の芯である。種の芯をすって皮をとって粥にまぜる。これは、腹の痛みをとり、のぼせ（上気）をなおし、咳をとめ、胸のつかえ、ぜん息を治す。

中国粥は薬膳料理でもあり、クコ、ナツメ、龍眼、蓮子、ハトムギ、乾燥ギク、サンザシ、白キクラゲ、豚皮、鹿の角、百合根、シソの実、しょうが、キクラゲ、干しエビ、貝柱、ナマコ、ネギ、シジミなど、すべてが食材となる。これらの食材を縦横に使った中国粥は、種類が豊富で、情の深い天女の香りがある。中国あるいは香港・台湾の粥専門店に行けば、店に百種余の粥料理がある。日本人むきの粥をいくつかあげる。

アワビ粥

中国粥は水分が多く、米1に対し水10の五分粥が主流だが、これもその人の好みで好きなように作ればよい。米1に水20を好む人もいる。日本の粥に対し、米がよく煮こまれており、トロリと寄りそってくる舌ざわりが特徴である。干しアワビをやわらかく煮つけて薄切りにして粥の上にのせる。家庭で作るときは甲府の煮貝、あるいは水煮缶詰でよい。コンソメ、塩、こしょうで味をととのえる。歯にぐきぐきとくるアワビが、粥との相性がいい。貝の粥としてはほかにハマグリ粥、アサリ粥、シジミ粥、赤貝粥がある。いずれも新鮮な貝を一昼夜水につけ、塩や泥をはかせて、粥とあわせる。

牛乳粥

牛乳は粥にあう。牛乳にスープを加えて米を煮ればよいが、牛乳1に対しスープ8ぐらいの割合がよい。あまりに牛乳が多いと味がミルク臭くなる。煮たったら、バタ

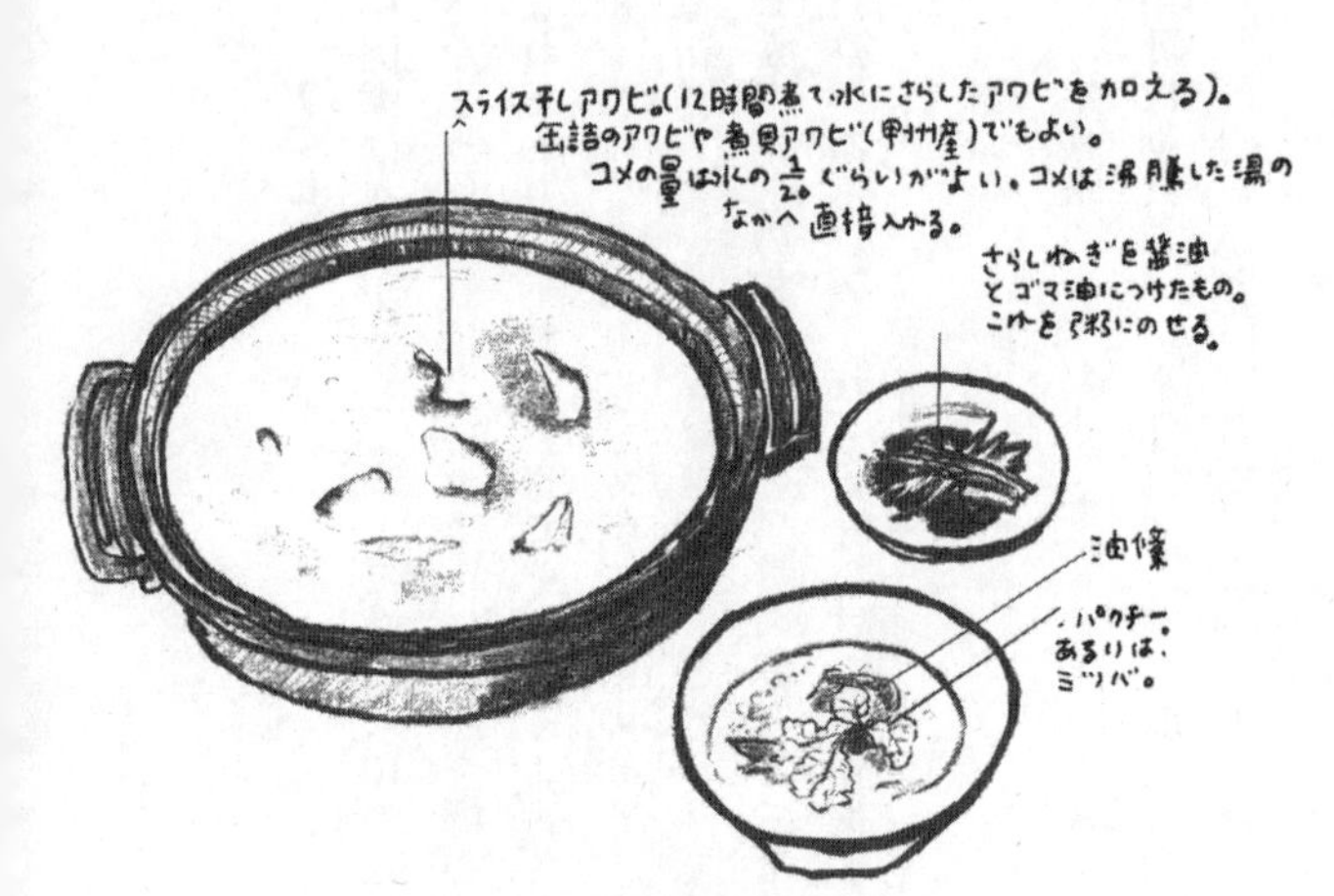

中国粥のなかで格段においしいのが
アワビ粥である。食べれば食べるほどう
まさがわかる。アワビ粥は中国でも三倍の値。

ー、パセリをのせてもよい。火を強くすると牛乳はスープと分離しやすいため、弱火で煮る。明治時代に刊行された村井弦斎（むらいげんさい）の『食道楽』にも牛乳粥は紹介されており、「気長に二時間も煮る」とある。

弦斎は、他にバター粥、炒米粥を推奨しており、弦斎によれば、米はいったん「ホウロクでよく炒って少し塩を加えて」から煮ると、軽くさらさらするという。中国粥を応用しながらも和風の味に変える技が弦斎の面目であろう。

レンコン粥

薄切りしたレンコンに好みの味をつけ、米と煮こんだもので、レンコンのさくりとした歯ざわりを楽しむ。野菜を使った粥としては、ほかに百合根粥、シイタケ粥、キクラゲ粥、ニンニク粥などもよい。中国粥の定番は細切りしたさらしネギを大量に使うことで、あらかじめ碗の底にネギの細切り、ゴマ油、醤油を入れおき、そこへできたての白粥を入れればよい。

ホタテ粥

ホタテの干物と干しエビを湯で煮だすと上等のスープができ、これに米を入れて煮るのは中国粥の定番である。エビ、カニ、ナマコ、ニラを加えれば、それぞれの粥となる。鶏肉団子を入れる方法もある。また、ホタテ干物のスープだけで作った白粥を、いろいろのおかず（搾菜、塩玉子、野菜炒めなど）で食べるのは、中国朝食の定番である。中国旅行をすると、毎朝お粥で味に飽きることがあるから、日本人客は海苔つくだ煮を持参するのが賢明だ。

刺身粥

どんぶりの内側に鯛の刺身をはりつけ、長ネギをきざんだもの、ゴマ油（太白胡麻油がよい）、醬油を入れておき、あつあつの粥をそそぎ入れる。一瞬にして刺身が煮えて極上の粥となる。鯛のほか、ブリ、ヒラメ、とろマグロでもよいが、魚は一種類にしたほうが、味が明快になる。また鶏ささみ肉のそぎ切りを使うのもよい。香菜をふりかければ、より中国粥に近くなる。香菜が手に入らなければ、パセリあるいはシソで代用する。

チーズ粥

これはロシア粥である。コンソメスープにバターととろけるチーズを加え、米を入れて煮だす。できあがった粥の上にイクラやキャビアをのせ、パセリをちらす。

キムチ粥

韓国流キムチ粥は、キムチと牛肉を炒めたものを粥にまぜあわせて煮る。キムチは韓国では鍋料理に入れ、夕焼け色ににじむピリッとした辛さが味の決め手である。松の実をふりかければ本格になる。キムチ粥を作るときはコンソメスープが基本であるが、和風かつおだしスープを使用するとすっきりとした味になる。ニラとニンニクを使ったニラ粥も韓国特有の風味に富む。

……

コメ知識12　**明治時代には洋風粥が実用化されていた**

『食道楽』を書いた村井弦斎は、文久三年（一八六三）生まれの小説家。貧困のな

……

かで苦学し、アメリカへ渡り、帰国後、矢野龍溪の知遇を得て、報知新聞社に入社、編集長となった。小説のなかで料理法を説いた『食道楽』は、娯楽と実用を兼ね、郵便報知新聞の販売部数をのばした。アメリカ仕込みの調理法と江戸風の粋を合体させた斬新なアイデアに、弦斎の真骨頂がある。

バターの粥
前にある炒米のお粥よりも一層美味いのがバターのお粥で、是れには匂ひの無い上等のバターを用ゐなければなりません、先づバターを平たい鉄鍋で溶かして乾いたお米を狐色になるまでよく炒りつけてそれを牛のスープか或は鳥のスープで塩味をつけながらお粥になるまで煮ます、斯うすると味も良し滋養分も多くなります、

牛乳の粥
よく病後の人にお粥を食べさせたり牛乳を飲ませたりしますが味の悪いものを別々に与へるよりは牛乳のお粥にした方が食べる人も悦びませう、是れは炒米でも只のお米でも構ひません、牛乳の中へ少し塩を加へて入れて弱火で気長に二時間も煮るのです、

すし

江戸前

江戸で握りずしが売られたのは文政三年（一八二〇）ごろの与兵衛鮓、松ケ鮓がはじめで、それまでは大坂風の押しずしであった。天明七年（一七八七）の二十四軒のすし屋の広告が残っている。江戸湾でとれた魚を握ったから、大坂の押しずしとは違う。

鮓売りは、丸い桶のなかにコハダや鯛の酢じめを入れて売り歩いた。江戸前期の鮓売りはお正月や花見がかき入れ時で、安物は飯のかわりにオカラを使っていた。

握りずしと言っても、いまのような生の具を使ったものではなく、酢と塩でしめた具を握っていて、蛤も煮たものを具にしていた。江戸前のすし屋へ行くと、いまでも煮蛤や浅蜊煮の握りが出る。与兵衛鮓は、売り歩く行商から身をおこし、屋台、一軒屋と大きくなり、四代にわたった。

江戸前ずしは、元禄（一六八八〜一七〇四）の芭蕉の俳諧にたとえられ、つぎつぎに新風を創っていく。

大名ずしなるものも流行し、すし種によって飯を変えた。海老、イカ、白魚は混ぜご飯（みじん切りしたカンピョウやシイタケ、おぼろなどをまぜたシャリ）で握り、アワビ、蛤、アナゴなど煮物種は白飯に具をまぜず、煮ツメという醤油だれを塗った。カンピョウの海苔巻きは精進巻きという。

すしを食う心得

すしは時代とともに変化し生きている。繁盛する店はいずれも新風だ。やれ江戸前にこだわるだの、握りの小ぶりなのはゲスだのといった講釈は客より店のほうにあり、講釈も味のうちである。うまければ店は繁盛し、まずければつぶれる。旬の魚をいかに仕込んですばやく握るかによって味が変わる。コハダの酢のしめ方、かんぴょうの煮方、アナゴの下味ひとつにも店による秘伝の技法がある。そこが職人の腕の見せどころで、握り方、下味のつけ方は各地方によって異なり、ひとことで江戸前といっても、要はすし職人の腕と気分ひとつにかかっている。値段もしかりである。いくらうまくても値が高すぎると、とたんに味がまずくなるのは世の常で、値をぼる店が問題になった。地方の都市では東京からきた初めての客で、女性連れだと値をぼるという気風が見うけられる。東京でもそれはあり、すしの値は職人の気持ちひとつであるところに、価格判定の問題がある。

回転寿司が人気で、いまやどこの町かどでもグルグルと廻りっぱなしだ。ひと昔は一年に一回しか食べられなかった寿司を、安い値で食べられるようになったのはめでたい限りだ。ただし、一流とそうでない店は、ネタの仕込みと、下味のつけ方に格段の差がある。

一流の寿司店は、ネタの選びかたから違う。朝一番に魚河岸へ出向き、自らの目で、その日一番の魚を買う。それから念入りな下ごしらえの仕事がはじまる。コハダを塩と酢で締める。アナゴを煮る。活きダコを塩でもんでから茹であげる。サバを三枚におろして小骨をとる。アワビを蒸しあげる。マグロをヅケにする。赤貝の貝を洗う。玉子焼きを作る。煮ハマグリにとりかかる。ヒラメの昆布締め。と、まあ、書ききれないほどの細工がある。魚のアラや皮や筋も見逃さず、珍味として調理する。

一番重要なことはシャリで、選び抜いた米を羽釜で炊き、酢飯を作る。それをネタとあわせて、米粒のあいだに空気の粒子が入るようにふんわりと握る。ふわりとしつつ、きちっとした形になるところが腕の見せどころだ。つまんだときは崩れず、口に入れた数秒後にほろりとほぐれる。握るのは一瞬、食べるのも一瞬だが、その一貫には驚くべき手間がかかっている。これほどの食べ物は世界に類がない。

一流の店には、その店全体の雰囲気に、精神的なゆとりと上品な遊びがある。寿司職人は一代限りである。かつては一流と評判を得た店でも主人が慢心したり、支店を増やした結果、急に味が落ちることはたびたびである。

握りずしは、自分が住んでいる町の知り合いの店で食べるのが安全だが、旅先ですしを食べたくなることも世の常で、値をおそれるあまり、特上だの上だのといったセットの桶を注文してしまう。それではすしを食う醍醐味はなく、カウンターに坐って好みのネタを握ってもらうのがすしを食う愉しみである。アメリカのすし店のように、一品一品の値が明示されているのが理想的だが、いっぽう、値があるようでないという日本式のあいまいさもすしの味に含まれ、なじみの客になれば安くなるという期待感にも妙味があり、そこが、日本のすしたるゆえんであろう。

ニューヨークで食べた寿司は、野菜天ぷらロール、ソフトシェルを揚げた巻き物があり、これを応用する店が東京駅丸の内側に出来た。ただしカロリーが高い。アボカドを巻いたカリフォルニア・ロールなんて、すでに古典化して、寿司は世界へ進出し、変幻自在に進化して、また逆輸入されてくる。その応酬がダイナミックである。寿司界は群雄割拠であり、寿司は限りなく進化していく。寿司はライブの食べ物である。十分な仕込みや仕事をしたネタは、基本的には客の目の前で握り、その場で供せられる。ライブであるからこそ、寿司職人の動きや顔の表情もまた味覚の一部となる。

江戸で握りずしが始まったのは貞享年間（一六八四〜八八）だが、当時人気のすし店〈近江屋〉、〈駿河屋〉も、〈おまんずし〉もやがて姿を消し、行商から身をおこして、屋台売り、店内と繁盛した名店〈与兵衛鮓〉もいまは姿を消している。職人が変われば店も変わり、これは料理店の世のならいである。すしを食べ歩いた達人によると、初めて店のカウンターに坐ったときは、威張りもせず卑屈にもならず平常心でカウンターにむかうのが極意で、これはある程度の経験と年季がいる。

寿司の記憶

小学生の頃、寿司を食べられるのは一年間に一、二度のことで、家に特別の客が来たときのお相伴だった。客だけでなく、ついでに家族の分もとった。桶に盛られた握り寿司をうっとりと見て、さて、どれから食べようかと大いに迷った。そのころはヒカリモノよりも、マグロだのアナゴが旨いと感じられた。たまに風邪をひいて寝こんだときも、最後の晩餐のつもりで、サイダーを飲みつつ寿司を食した。寿司は緊急事態の御馳走(ごちそう)であった。

中学に入ると、年に三、四回は食べるようになり、父にボーナスが出た日など、母は嬉々として、「今晩はお寿司をとりましょうね」と胸を張った。握り寿司はハレの馳走で、家族うちそろって一家心中の前のように神妙に食した。かくも美味なるものがあるのか、と心が躍り、食しつつも、なくなってしまうのが無念であった。この寿司を食べ終ると、あと何カ月後に食べられるのだろうか、という不安が残った。

高校一年生のとき伯父がきて「おい、上寿司とれや」と母に命令した。伯父は母の兄で、医者をしていたため、いささか金まわりがよく、大桶で注文した。見たこともない朱塗りの大桶に寿司がぎっしりとつめられているのを見たときは、興奮のあまり腰が抜けた。いつの日か金を稼いで、かような寿司を食べると心に誓った。

大学生のとき、はじめて寿司屋へ入った。日本は高度成長期まっただなかで、新宿に立ち食いの十円寿司店が出来た。なんでも一貫十円だから、押すな押すなの大盛況で、肩をぶつけあって食べた。その頃喫茶店のコーヒーが五十円であったから、十五個食して百五十円というのはコーヒーの三杯ぶんだ。百五十円というのはいまから思うと、さほど安くはない。しかし普通の寿司屋は一人前、五百円ぐらいしたから、それと比べれば安かった。小学生の頃、食べたくて夢でうなされた寿司をお好みで食べられるのだから、興奮度極に達し、寿司をつまむ指が震えた。

就職すると、食通の上役に上等の寿司屋へ連れていって貰い、安い寿司と上等の寿司の差を知った。そのうち交際費なるものを使える身分となり、食い意地は一段とたかまり高級店を廻った。会社近くの寿司屋とも懇意になり、カウンターに座っていっぱしの寿司通になって第一段階の目標は達せられた。

だが、ここが落とし穴で、二、三軒のなじみの店しか行かないため、丼のなかの蛙、大海の寿司を知らず、で、ひと通りの味は覚えたつもりになり、たまに銀座の高級店へ行くと、緊張のあまり舌がもつれて、目玉が裏返った。地方都市へ行くと、その町によって個性的な店があり、尻尾を巻いて帰ること、度々であった。寿司屋なりに値段の基準があるのだろうが、主人の胸先三寸できまる要素がある。

困ったのは会社をやめたあとで、上等の寿司店へは行きたいものの、自腹で払う銭がない。しかし、ここで踏んばるのが男の意地ってもので、いくばくかの退職金を切り崩して寿司を食べつづけた。寿司を食うのを男の甲斐性と思って生きたのだから、失業したからといって、寿司を食わないのでは男子の沽券にかかわる。

自分の金で寿司を食すようになって、はじめて寿司の味がわかるようになった。かりに一回一万五千円であれば、自分が一万五千円稼ぐのに要した労力と比して、はたして正当であるかと考えた。その価値がないと思われる店へは二度と行かぬ。そのかわり、一万五千円の価値はあるという店へは足しげく通う。

まずは、コハダの締め方を味わえば、即座にわかる。アジ、サバ、サヨリもしかりである。アカガイ、トリガイ、タイ、マコガレイもしかりだ。ヒラメの昆布じめ、吟味したマグロ、かんぴょうの海苔巻き、煮アワビ。近頃は矢鱈と江戸前人気で、煮ハマグリ、アサリ煮、タマゴ焼き、アナゴ、などに力を入れる店が増えた。一流店と二流店とでは天と地ほどの違いがある。谷崎潤一郎の小説と小学校生徒の絵日記ほどの差がある。

江戸前寿司は一貫が完成された料理で、かりに十二貫食べると、十二種類の違った料理を味わうことになる。ただネタを切ってシャリで握れば、素人だって寿司もどきはできるのだ。だからこそ、プロは、そこに命を賭ける。シャリの握り方にもいくつかの流儀があって、固くきしっと炊いたシャリをいかように扱って酢飯にするか。さらに、握るとき、シャリとシャリとの間に空気を入れ、ネタをあわせて、口のなかでほろりと崩れる技術を得るには、年季がかかる。江戸前寿司は食べるモダンアートであり、前衛であってつねに新工夫が求められる。

回転寿司の登場によって、寿司業界は革命がおこった。人気の回転寿司屋は、大量仕入れをするため、一段と上質のネタを仕込むようになり、ほどほどの旨さでべらぼうに安いのだから、二流の駄寿司屋は、ことごとく淘汰された。一流店といえど、いささかでも手を抜けば、たちまち追い抜かれ、つぶれていく。回転寿司の登場が一段と一流店のレベルを押しあげた。残ったのは、一流店と回転寿司だけであって、その中間にあるいっさいの駄寿司屋は淘汰された。旨い食べ物に講釈はいらぬ、という開き直りは奥義を極めぬ輩の捨て台詞で、人間は脳で食う。黙して己れの舌に講釈せよ。

コメ知識13　手ですしをつまむのは東京流である

すしの生命は魚の新鮮さにあるから、赤貝、エビ、コハダ、イカ、アワビ、サヨリ、シラウオ、トリガイ、ブリ、アジ、タコ、煮ハマグリ、カツオの近海ものをよしとした。マグロもしかりだが、じつはマグロはミナミマグロの冷凍もののほうがよしとする店もあり、すしだねは年々変化していく。東京はマグロを上魚とし、関西はタイを上魚とする。ただし、江戸流のすしのつまみ方は、いまだ関西には普及しておらず、大阪人は箸ですしをつまむ。

『飲食事典』「すし（鮓・鮨）」の項ではつぎのようにある。

ニギリズシの食い方はまず拇指（おや）と中指とでつまみあげ、持上げる途中に食指（ひとさし）で回して魚の附いた方を下に向け、先の方をちょっと醬油に浸けて竪に起すと魚全体に醬油が回る。そこを舌の上に載せるので、醬油の度が過ぎると魚の味を失うから、二度つけ直すことと飯の方へ醬油をつけることとは禁物とされてあるが、あえて拘泥する必要はなく、ただ崩さぬように軽くつまむことである。車エビ・芝エビなどは以前塩ゆでにして皮をむくか、ソボロにして用いたものであるが、近年生きたのをそのまま皮をむいてつけるのが誇りとなるようになった。これは上方料理にあるエビの刺身から進展したものである。

握り寿司は、握ったのをすぐに食べたほうがいいか、しばらく置いておくのがいいか。この件に関しては「ちょっと置いてから食う」という永井荷風と「すぐ食べる」という久保田万太郎とのあいだに意見の違いがあった。まあ、寿司によってはウニの軍艦巻きのように手早く食べたほうがいいものもあり、要するに「好きなように食べれば」よろしい。

浅草老舗の寿司店のキャビア握りは、イラン産キャビアの塩加減とシャリの相性がよい。キャビアは西洋式のエレガントな食べ方があるが、日本人にはご飯とあわせるのがよい。ネタをシャリに乗せてから、親指で軽く押し、ふわりとまとめる。握りに空気の粒子が入り泡のようにやわらかい。

コメ知識14　近代文学にはいくつかの寿司が登場する

志賀直哉の名作『小僧の神様』

秤屋に奉公する小僧仙吉は、番頭たちがうわさする鮨屋の鮨を食べてみたいと思い、倹約した電車賃四銭を持って鮨屋へ行き、ひとつ取ろうとすると「一つ六銭だよ」と言われて、落とすように鮨を置いて出ていった。そこにいあわせた貴族院議員のAは、かわいそうに思い、ある日、たまたま行った秤屋で小僧を見つけ、鮨屋へ連れていってたらふく食べさせてやり、姿を消す。小僧は、不意にあらわれたその客のことをお稲荷様の化身だと思うようになった。いっぽう小僧に鮨をごちそうしたAは、変に淋しい気になる。いいことをしたはずなのに、このいやな気持は、なにから来るのだろうかと感じ、その後、秤屋の前を通るときは妙に気がさして、その鮨屋にも行く気がしなくなる。そのいっぽうで、小僧は、悲しいとき、苦しいときに必ず、Aのことを思い出し、思うことによって慰めになった。

この小説にはさらにつづきがある。「作者はここで筆を擱くことにする。実は小僧が『あの客』の本体を確めたい要求から、番頭に番地と名前を教へてもらつて其処を尋ねて行く事を書かうと思つた。小僧はそこへ行つて見た。ところが、その番地には人の住ひがなくて、小さい稲荷の祠があつた。小僧は吃驚した。——とかう云ふ風に書かうと思つた。しかしさう書く事は小僧に対し少し惨酷な気がして来た。それ故作者は前の所で擱筆する事にした」

この作品は、直哉が、じっさいに鮨屋に入ってきた小僧が鮨を置いていった体験をへて書いたものであった。その小僧を見て「かわいそうだ」と思ったのは直哉自身であり、気まずそうに店を出ていった小僧のなかにも、もう一人の直哉がいる。

直哉は、癇癪持ちの半面、他人への思いやりが厚く、常盤松の家へ来た客へ、「飯を食っていけ」とすすめたという。

二十歳のとき、渋谷の常盤松を散歩中の志賀直哉とすれ違い、脳に電流が走った。青くさい文学小僧が仰ぎ見た一瞬の衝撃であった。そのことを思い出すと、あのときの直哉も「小僧の神様」だったのだ、という気がする。

岡本かの子の遺稿『鮨』

『鮨』は、ひと握りの鮨のなかに、五十歳を過ぎた初老の男のひそやかな半生があり、それはうっとりと切ない記憶と重なっている。通人の物語でもなく美食小説でもなく、鮨の握りに、酸っぱい孤独と哀愁がざーっと吹きぬけていく。ものを食うつらさとやるせなさが、甘くジンジンと滲みてくる。

東京の下町と山の手の境い目にある鮨屋「福ずし」の娘ともよは、いろいろの変った客を見なれていたが、常連のなかで、五十歳過ぎの濃い眉がしらの男が気にな……………………………

ってしかたがない。地味で目立たない客で、謎（なぞ）めいた眼の遣（や）り処（どころ）があり、憂愁の蔭（かげ）を帯びている。ともよは、ふとしたことで、この男と鮨にまつわる因縁を聞くことになり、そのひそやかな内奥（ないおう）を知ってから、男はぷっつりと店に来なくなる。読み終ると、鮨の握りが白々とした余韻をたたえてコロンと倒れる。志賀直哉の『小僧の神様』と双璧（そうへき）をなす傑作料理小説である。ざくろの花のような赤貝の握りや、二本の銀の地色に竪縞（たてじま）のあるさよりが、話のなかでピチピチとはねている。林房雄は、この作品を「鮨屋の娘の形のとらえがたい恋は美しい命へのあこがれである」と絶賛した。

……………………………

なれずし

『延喜式』（十世紀初め）に「フナずしは近江および筑前・筑後より」とあり、当時の製法は塩で自然発酵させただけのものであったが、鎌倉時代より、飯を加えて発酵を促進させる法が発明され、なれずしとなった。「すし」の語源は「すえ飯」であり、「すえる」とは「発酵してすっぱくなる」という意味である。ある程度発酵させた段階で発酵をゆるめて停止させるため、葉蘭、栃、朴の葉などで包むのである。奈良県にいまなお伝わる柿の葉ずしは、渋柿の葉で包む。

「フナずしの味がわかるようになれば料理通として一人前」とされ、一度フナずしの味を覚えると病みつきになる。フナずしは酒の肴に最適の珍味であり、またフナずしを薄切りにして、茶漬にしてざぶざぶとかきこむのも妙味がある。

中国のなれずしは鯉が中心であった。また、東北地方から北海道にかけては、いまなお、鮭、マス、ニシン、ハタハタをなれずしにしたものがあり、これも美味なものである。秋田のハタハタずしは、名物のハタハタを三枚におろして酢につけ軽くしぼりあげたものを米と麴に漬けたものであり、現在は一匹丸ごと漬けるほうが主流となった。

なれずしは、魚の酢漬けを米とともに発酵させたもので、家庭では作るのに時間がかかるため、市場で買ってきたほうが早い。

コメ知識15　蕪村もフナずしが好物だった

「京みやげにフナずしをもらって一応味がわかれば味覚者の一人前」と言われたものだが、ちかごろは、一人前以上の者が増加している。琵琶湖の源五郎ブナは、他の湖のフナよりひとまわり大きく、長さ三十センチほどのものがとれる。晩春から初夏にとれる源五郎ブナは、力がみなぎりメスは胎卵（まこ）、オスはしらこがたっぷりとつまり、すしにつけてもなれかげんが絶妙である。蕪村の句に「ふなずしや彦根の城に雲かかる」がある。蕪村もフナずしが好物だった。虚子も「ふなずしや膳所の城下に浪々（ろうろう）の身」と詠んでいる。

『飲食事典』「ふなずし（鮒鮓）」の項ではつぎのようにある。

わが国最古の保存食品で、魚介類の貯蔵法として行われたのはおそらく神話時代であろうが、それの発達して記録された平安朝初期の『延喜式』（一〇世紀初め）に「フナずしは近江および筑前・筑後より」とあり、当時の郷土法は塩だけで自然醗酵させたものだが、鎌倉時代に飯を加えて醗酵を促進する法が発明されてから、いわゆる馴（なれ）ずし、早ずしの二系統にわかれて以来、ともかくも商品として遺存するのは大津のフナずしだけであろう。それは京都の地理的条件と文化・交通の利便とによることが明らかな一面、滋賀県の記録によると江戸初期の元和元（一六一五）年、伊賀の上野から近江の大溝（二万石——琵琶湖西岸の形勝地）へ移封された分部左京亮（光信）の従者九左衛門なる者の創案となっているが、当時はすでに塩のほか飯を加えて醱酵を促進する技法が行われていたから、大津でもそれを応用した。

早ずし

飯や魚を酢でしめた早ずしは江戸になってから盛んになった。

奈良の柿の葉ずしは、紀伊半島南端から熊野を越えて運んできた鯖を薄く切って酢でしめて押しずしにしたものである。熊野を越えて、天びん棒でかついでくるうちに塩が回ってちょうど食べごろになる。

京の鯖ずしは、若狭から、塩をふった鯖が馬の背に揺られて運ばれるうちに、塩分が適度になれたものを酢につけ棒ずしとしたものである。大阪の雀ずしも同じ原理であり、小鯛の腹に飯をつめた様子がフクラスズメに似ているところから、こう呼ばれた。

大阪のバッテラも早ずしのひとつであり、もとは鯖ではなく、コノシロの一年ものであるツナシを使った。明治二十年代に、大阪湾で大量のツナシがとれ、気鋭のすし屋主人がこのツナシを使って押しずしを作ったところ、大変な好評を得た。シッポがピンとはっているところがボートに似ていたため、オランダ語の「バッテラ」と名づけたのに始まる。

夏に涼味をそそる鮎の姿ずしも早ずしのひとつである。

富山地方のマスずしも早ずしのひとつといっていいが、早ずしは概して青魚を酢と塩に漬け、ごはんの上にのせて重石で一夜押したものと考えればよい。

早ずしの持ち味は、具の魚もさることながら、ぎゅっと押されたごはんのうまみにあり、良質の米をいかに酢めしとするかが重要なきめてである。

酢めしは、炊飯器の中に昆布一切れと酒少量を入れ、通常のごはんよりかために炊く。すし酢は、米酢六十ccに対し砂糖大さじ2、塩小さじ1、薄口醬油小さじ1弱で、この割合を正確に守る。これらを手早くかきまぜて別に用意しておき、炊きあがったごはん（この分量だと三合分）を木桶へ移して全体にひろがるようにかける。ごはんの中で、すし酢が蒸される感じにする。酢を米にかけて、七秒間待ち、しゃもじを立てて、すし飯が桶にまんべんなくひろがるようにまぜ、うちわであおぐ。うちわであおぐのは、ごはんをさますというより、ごはんにすし酢が早くまわってつやを出すためである。ごはんがつぶれないように手早くかきまぜるのがコツである。

具の魚に塩をふって米酢に漬けるが、アジ、鮎などの場合は二十分ほど、バッテラ用の小鯖なら四十分、棒ずし用の大鯖ならば三時間ほどが目安である。皮をむき、小骨をとり去ってから酢めしに重ねて一昼夜おく。

これでも「早ずし」としてはまだるっこしいとして、江戸っ子は江戸前の握りを好んだわけだが、早ずしには、しめた魚のうまみとごはんがなれて、渾然一体となるところに妙味がある。

コメ知識16　**雀ずしは飛び上がりそうなすしである**

大阪の雀ずしは魚腹に飯をつめた様子が、フクラスズメのように見えたからこう呼ばれた。かつてはフナにつめていたが、のち小鯛を用いるようになった。『嬉遊笑覧』に「摂津名物のうち、雀鮓、江鮒（えぶな）也、腹に飯を多く入れたるが、雀のごとくふくるればかくいうなり」とある。すしがいまにも飛び上がりそうな気配で、口の中に入れても「羽音がするようだ」と浪速っ子は珍重した。意朔の句に「羽のはえた飯に漬けてや雀鮓」がある。

海苔巻き

海苔巻きは、巻きすがあればどこの家庭でもできるが、家庭で作った海苔巻きはフンニャリとして、しおれた茎のようになってしまいがちだ。どうしてもすし屋の海苔巻きのようにキシッといかない。すし職人は、海苔巻きをうまく作れば一人前だと言われ、一見簡単に見えるものほど、玄人と素人は違う。

家庭で海苔巻きを上手に作るためには、まず海苔を選ぶ。鋼鉄をのばしたように黒々としてつやのいいものを使う。巻き方は、海苔を巻きつけるのではなく奥へそっと押し出すようにする。さらに、しゃもじから直接海苔へごはんをのせず、おむすびを作るように軽くにぎってからのばして海苔へのせる。そのへんの技術は、すし店のカウンターに坐ったとき、すし職人の巻き方を盗み見して覚えるのである。

また、海苔巻きの酢めしは、早ずしの酢より薄く作る。あわせ酢は、米酢六十cc、砂糖大さじ1、塩小さじ⅓に、湯をまぜて薄める。酢が強すぎるとごはんの味がすっぱくなりすぎるため、湯を加えて、好みで調整する。酢は煮たてると味がとぶので、湯で薄めて、よく攪拌しておく。米は新米よりも一年前の古米のほうがすしにむく。

このあたりの塩梅(あんばい)は、何度か経験をつんで覚えるほかはないが、あと一つ大切なことは包丁である。海苔巻きをサクッと切るには、刃をよく研いだ包丁が必要で、家庭用の菜っ葉包丁で切るから、切り口がぐんにゃりと崩れるのである。優れた職人の切った海苔巻きは、巻き口から海苔を開いてみて、飯がつぶれたものは一粒もない。

巻きずしの具は、かんぴょう、マグロ、キュウリ、たくあん、梅ジソが定番である。韓国の海苔巻きに、牛肉煮(薄切り牛肉を醤油、酒、みりんで煮つけたもの)、きざみキュウリ、キムチ、白ゴマを巻いたものがあり、これはごはんは酢めしにせず、生魚を具にしないときはこちらのほうがよい。一本丸ごとスルスルと食べられる。

行楽や花見には太巻きずし、だて巻きもむいており、これは関西で盛んである。太巻きずしは、具に、アナゴ、ホウレン草、かんぴょう、玉子焼き、奈良漬、しょうが甘酢づけ、ゴマなどを入れ、だて巻きは厚焼き玉子で巻きこむ。見た目がはなやかで豪華で、弁当箱をあけたときにパッと花が咲く。これに食傷した料理通には、具に、

これは、わが家伝来ののり巻である。スジコ、イカ、焼きアナゴ、メンタイコ、マグロの五種が火薬状につめこまれている。すりわさびも入れる。シソや博多ネギを入れてもよい。太巻きにするから、のり巻の直径は10センチ以上になる。

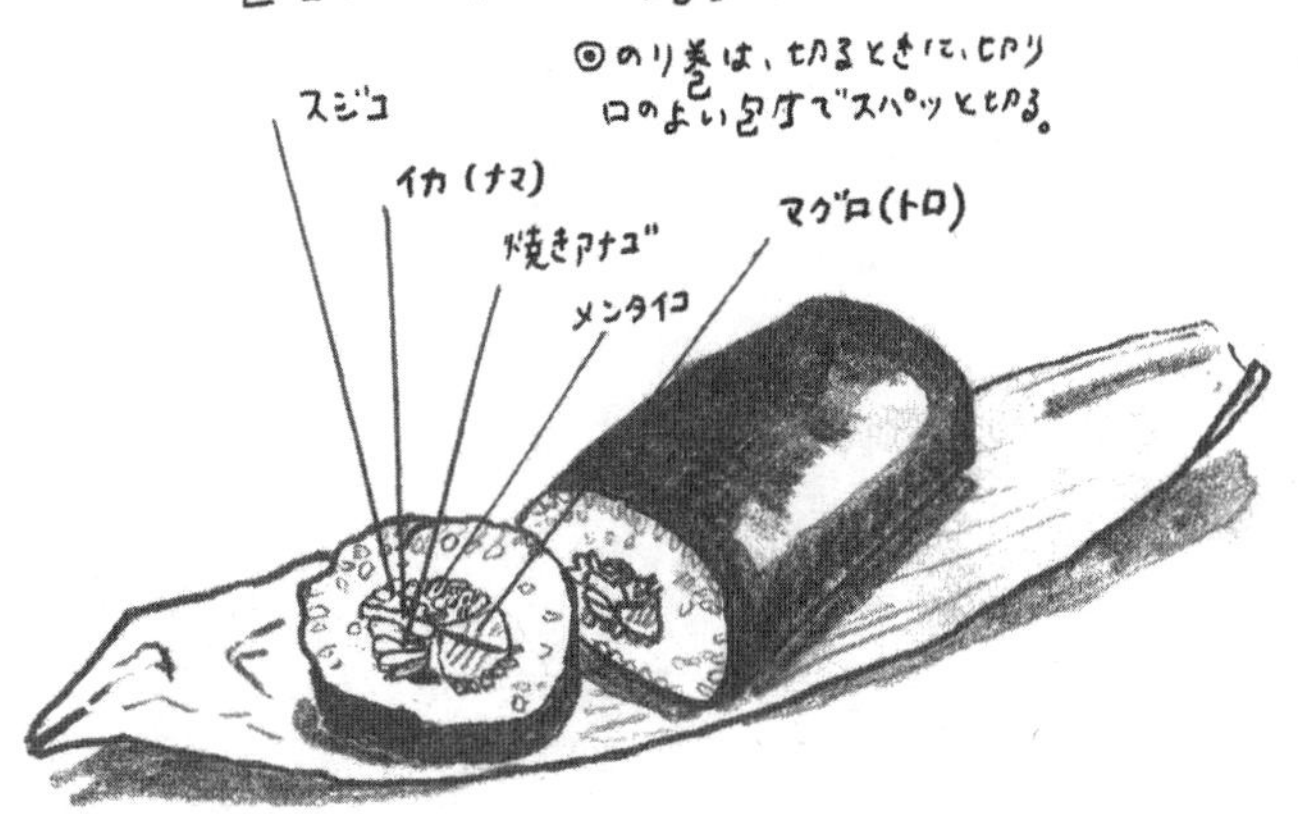

とろマグロ、イカ、イクラ、貝われ大根、わさびを巻く太巻きがよい。

家庭で各種海苔巻きを楽しむ法として、皿にマグロのトロ、イカ、梅おかか、シソ、イクラ、キュウリなどの好みの具を盛りつけ、半分に切った海苔と酢めしを置き、自ら好みの具を巻いて食べる法がある。これは手軽な海苔巻きで、近来普及しつつある。

コメ知識17　弾丸発射の火を巻いた鉄火巻

『飲食事典』のいいところは、著者本山荻舟（もとやまてきしゅう）翁が嫌いな食べ物は、ちょっとしか書かない点である。たとえば鉄火巻は、こんな具合である。

巻鮓の一種。普通海苔巻の中心に、細く算木形に切ったマグロと卸（おろ）しワサビを加えて巻込んだもの。明治中葉以後の嗜好である。

マグロとわさびを巻きこんだ鉄火巻は、江戸前では新風であった。鉄火とは鉄を熱して真っ赤になった状態であり、弾丸が発射されて火を吹く印象から、転じて威勢のいい俠客を指すようになった。マグロの赤身を銃火にみたてるところは、いかにも江戸風で、鉄火肌である。西欧人には、銃口を口に入れて自殺する者がいるが、日本においては、子供まで、銃口を口に入れ弾丸ごとムシャムシャと食べてしまうのである。まことに威勢のいい命名であり、外国人客に「ジス・イズ・ア・ピストル」と講釈するのも一興であろう。

コメ知識18　川端康成『伊豆の踊子』は海苔巻で終る

川端康成はやせて躰(からだ)は小さく小食であった。それにはりめぐらされた神経がピリピリして鋭敏だったため、食に対してはさほど縁がないように思える。ところが、こういう人ほど、食に対しての偏執は鬼気せまるものがある。食が細いゆえに、食へのこだわりが強く、食への興味と洞察は生涯の作品に見え隠れする。

康成の小食に関しては、三島由紀夫が「一度にたんと上れないところから、小さな弁当を四度にわけて喰べておられた」と証言しているし、北条誠(ほうじょう)も「弁当を食べるときは一度に召しあがらず、ハシで四つぐらいに縦わりの筋をつけ、何回かにわけて楽しそうに食べておられました」と言っている。

一高時代は、休みになると学生たちはワァーッと故郷に帰るのに、康成は帰る故郷がないので今東光の家へ来て過ごした。このことは、それから数十年たっても変らず、元旦に今東光の家へ来て、「腹へったよ」「おにぎり食わしてくれよ」と言った。今東光は、康成の奇人ぶりをたたえる意味で語っているのだが、そのころの康成はすでに文壇で名をなしており、運転手つきの自家用車でやってきて「運転手にも食わせろ」と言った。

康成の出世作『伊豆の踊子』は、日本を代表する青春小説であり、何度も映画化されている。映画化されることによって、淡くせつない恋物語としての側面が強調された。

小説の終りで、「私」は船室で会った、入学の準備に東京へ行く少年が差し出す海苔巻を、泣きながら食う。「私はそれが人の物であることを忘れたかのやうに海苔巻のすしなぞを食つた」のであり、そのうえ「少年の学生マントの中にもぐりこんだ」のであり、「私はどんなに親切にされても、それを大変自然に受け入れられるやうな美しい空虚な気持」になり、涙を出まかせにするのである。『伊豆の踊子』は、むしろ『伊豆の海苔巻』としたほうがより鮮明になる内容である。しかしまあ『伊豆の海苔巻』では、この小説はあれほど評判にはならなかったろうし、そこに康成の構成力がある。

いなりずし

京都・伏見稲荷の使い姫が狐であり、その狐の大好物が油揚げであるところから始まった。「しのだずし」ともいう。油揚げは二つに切り、たっぷりの湯の中で十分にゆでて油抜きをしておくことが肝心である。それを濃いめのだし汁で煮て、煮あがったところで水けをきり、酢めしをつめる。油揚げは前日に煮て、一晩煮汁につけておいたほうがよい。古くは煮しめたかんぴょうを帯にしたが、ぱくりぱくりと二口半で食べるのが身上だから、帯のないほうが簡便である。袋の切り方に三角型、長方形型の二通りあり、また袋を裏返して変化を見せる手もある。すし飯にレンコン、シイタケ、ゴボウ、山椒などの具をまぜるのは関西流である。関東では紅しょうがをそえる。

江戸では嘉永年間（一八四八～五四）、日本橋十軒店の次郎吉なる男が赤鳥居を描いた行灯をかかげて行商してから流行し、いなりずしの名が全国にひろがった。

江戸時代、天保改革のとき（一八四一年ころ）、贅沢の双璧といわれた〈松の鮓〉と〈与兵衛〉が手鎖をはめられた。うまいすしを出す店がみせしめのため手鎖をはめられた歴史を思えば、現在のすし職人は腕がよくても召し捕らえられない時代に感謝しなければならない。贅沢なすし店が手鎖をはめられた結果、安価ないなりずしとコハダずしが流行した。コハダずし売りは遊廓を得意場とする昼商いで、下町を得意場とするいなりずし売りは赤鳥居を描いた行灯を点じて夜商いを専門とした。

奢侈禁止令がとかれると、江戸っ子のきっぷはますます〈与兵衛〉を繁盛させ、酢めしは宵越しのものは使わぬと称して、毎夜、残飯を大川に投げ捨てて魚の餌とした。これが評判になったため、酢めしが残らなかったときは、わざわざ捨てるための飯を炊いて大川へ投げ捨てた。

江戸前のすしが盛り返しても、庶民のあいだには、安価ないなりずしとコハダずしが定着した。廓のコハダずし売りは桟留縞の尻ばしょりに黒八丈襟付の半てん、股引き、白足袋、麻裏草履という粋ごしらえで、手拭いを吉原冠りにして、白木の鮨箱を肩にかけて呼び声も粋な江戸好みであった。小唄に、「坊主だまして還俗させて、こはだのすしでも売らせたい」とあるのは、このコハダ売りである。これに対して、いなりずし売りは、野暮なつくりと人柄のよさが身上とされ、もっぱら女性や子供に好まれた。

コメ知識19　**荷風はいなりずしが好物であった**

作家の永井荷風がいなりずしを好んだのはいなりずしが簡便でありつつ、江戸の夜風をしょっていたからであろう。いなりずしには色町の香がほんのりとあり、いまでも芸能人は、小腹をみたすため、幕間にいなりずしを食べる。役者の楽屋への手みやげはいなりずしが定番で、他の役者へも配られる。荷風は自分の名をナリカゼと誤読するような浅草のストリッパーたちを、こよなく愛した。浅草では荷風は、ニフウさんあるいはナリカゼさんと呼ばれていたという。

ばらずし

ばらずしほど各地方の郷土色が出たものはない。具をバラバラに入れるからばらずしという。それぞれの土地でとれる魚や野菜をたくみに取り入れた庶民の味である。

定番は、シイタケ、シラス干し、こんにゃく、酢レンコン、アナゴを酢めしとまぜあわせて、上に錦糸玉子、海苔、紅しょうがをふりかける。米酢にかえて夏ミカンの絞り汁を使ったばらずしもあり、フキ、タケノコ、ミツバに鯛の塩焼きをむしったものをあわせれば、ゆたかな春の香りがする。

カニを入れたカニずし、鮭をまぜた鮭ずし、ばらずしの定番の具にさらに、エビやタコやイクラをのせた祭りずし、キュウリとシラス干しだけをまぜたさっぱり味のすし、鶏肉をまぶしたささみちらし、さまざまである。

酒席のあとにむくのは漬物ずしで、きざみすぐき、野沢菜、たくあん、しば漬の水気をよくしぼってみじん切りにしたものとちりめんじゃこを酢めしとまぜ、炒り白ゴマをハラリとかける。

また、関西で好まれる蒸しずしは、高野豆腐、アナゴ、鱧（はも）、エビ、シイタケ、ニンジン、タケノコ、かんぴょう、ギンナンを酢めしとあわせて、温めたものである。いまは蒸し器を使わず電子レンジで一分半でできる。寒い日にふうふういいながら食べる蒸しずしは格別の味で、熱いため酢味をひかえめにする。体内に潮流のような滋味の渦がわく。

海辺の町で作られるかつおの手こねずしの風味は潮の香りが隠し味となる。新鮮なかつおをぶつ切りにしてしょうが醬油につけこみ、酢めしにさっくりとまぜこみ、せん切りしょうが、シソ、海苔をふる。

タケノコと若芽を酢めしとまぜあわせるタケノコずしは、タケノコごはんとはまた一味違った風味がある。

コメ知識20　ばらずしは全国にさまざまな種類がある

ばらずしは祭りや誕生日などの祝事に供される祝膳であり、その地方特有の魚貝、エビ、野菜をとりあわせる。アナゴのかば焼き、玉子の薄切り、シイタケ、かんぴょうなどの干物、タケノコ、フキ、サヤエンドウに、春ならば山椒の木の芽をのせるのもよく、ゴボウ、レンコンをあわせてもよい。日本各地に、その地方特有のばらずしが家庭料理として定着しているのは、日本食文化の百花繚乱といえよう。大阪のばらずしに鱧(はも)はつきもので、月斗は「鱧の皮を入れて祭の鮓(すし)の山」「大阪の祭つぎつぎ鱧の味」と詠んでいる。

『飲食事典』「すし――製法（二）チラシ鮨」の項ではつぎのようにある。

和漢三才図会にいわゆるコケラズシの進化したもので、一に「起し鮨」ともよんだ。いろいろの材料を酢飯と一緒に混和するので食う時箸で起すからの称呼であり、皿に盛ればバラバラになるから「バラズシ」ともいう。「骨董鮨」と書いてゴモクズシと訓ませるのも同じだが、現在東京あたりに行われているのは、蓋付の丼または箱に酢飯を盛り、表面に椎茸・蓮根・人参・干瓢などの下煮したもの、酢につけたコハダ、生のマグロ・アカガイ・トリガイ、塩蒸のアワビ、蒲焼のアナゴ、塩ゆでしたエビ、味付したソボロ等々を隙間なく載せ、もみ海苔などあしらう。

コメ知識21　『名飯部類』にある人気ずし三種

『名飯部類』は江戸のすし三種を紹介している。

茶巾ずしは玉子焼きを作り、五目飯を入れて巻き、玉子焼きの四方をまとめて、かんぴょうでむすんだもの。現在でも人気があり、定着したすしである。

あたためずしは大阪にあり、蒸しずしともいう。五目ずしからマグロやコノシロといった生ものを除いて、どんぶりに盛りつけてから蒸す。また、箱ずし（一一九頁参照）の飯を熱くして作ったものを布団で包んで、ヌクヌクとして、ちょうどいいかげんのところを食する。

茶巾すし
鶏卵の殻を去り黄子と白子をわかち磁器に貯よく攪 澄錬黄白別々に常のごと薄焼にし飯肉を置包む事茶巾もちのごとくす

温煦すし
世にあたゝめずしとて熱飯に核肉を烹たるまゝ熱に乗してこけらすしのごとく製衾褥に包置　冷　熱　の間を切り賞すを云人あれと夫は特に燠すしの名によれる

さくらずし

章魚を常のごとく洗ひ随分と稀豆油をよく沸章魚の足計りを入塩瀹のごとくし揚煮汁をとくとたらし小口より薄く切紫蘇苗椒芽（ともに葉計りを採水に洗ひ浄）をおこし鮓のごとく飯和匂す

コメ知識22　タケノコずしははたしてうまかったか

つぎに引いた『名飯部類』にあるタケノコずしは、タケノコの節をくりぬいて、そこへ酢めしをつめこんだものである。イカ飯のイカのかわりにタケノコを用いている。伊賀地方に、タケノコの印籠ずしがあり、これも同様のものである。タケノコをよくゆで、やわらかくしたものへ五目飯をつめ、輪切りにして食べる。穴があれば何かをつめこみたくなるのは、竹輪の穴へキュウリをつめこむ手法と同じ心理である。江戸の連中は、好奇心が旺盛で、なんでも作ってみたくなる性分であった。

筍すし

淡竹筍の随分新近を以て皮を去り根を断完なから稀しやうゆにて烹小刀を持て節間を刮て前のおこし鮓の飯核肉を搏円め末より堅くつめ置てすし桶に並へ（尤やりちかへにおく也）おして一□時計りして殺切にす。

すしの未来

関西はいまなお、箱につめる押しずしが盛んで、鯖、焼きアナゴ、エビ、鯛を酢めしの上にのせ、押し蓋をして圧力をかけ、箱から取り出して縦横に切る。酢めしは関東より甘口で軽い。東京の握りずしが熊笹の葉を使うのに対し、関西の箱ずしは葉蘭を用いる風があった。ともに虫よけの効果があり、甘酢しょうがは魚毒を消すところから用いられた。

いまは、関西風の箱ずしは関東に出まわり、関東の握りずしも関西に出まわり、全国の格差はなくなっているが、職人が客の目前で新鮮なすしだねを握る江戸前が一般的なすしとして定着した。なれずしにはじまった日本のすしは、早ずしをへて、さまざまな形態に変化した。すしはつねに新風であるというのはそのためである。マグロは、以前はすしだねとして用いられず、天保（一八三〇～四四）以後になって使われ、それが醤油につけこんだヅケである。マグロの日持ちが悪いため、ヅケが使われたが、その後、マグロの保存法が改良されてヅケは使われなくなった。現在のすしの華はマグロで、マグロだけは置いていないすし屋はない。一人皿の桶の中に二巻入っているのはマグロだけである。江戸前には煮ハマグリが定番であったが、これも使われなくなった。いずれも食味の変化と、ネタ保存法の発達により姿を消した。

ネギトロ巻きは、浅草のすし店が昭和中期にはじめた新風で、古風な江戸前ずしの店は「あんなものは江戸前ではない」と言って嫌うけれども、すしは改革をつづけて、つねに新風新味をめざすところにその真価がある。梅ジソ巻きも、ひもキュウ（赤貝のひもとキュウリ）巻きもしかりである。ロスアンゼルスのすし屋がはじめたカリフォルニアロール（アボカドを巻く）も同様である。

アメリカのすし店はブームを乗りこえてアメリカ全土に定着した。ニューヨーク、ロスアンゼルス、サンフランシスコといった大都市をはじめ、ブラジルのアマゾン河流域、モスクワ、ベルリン、ほかあまり聞いたことがない都市にもすし店がある。かつてはどこの町にも中華レストランがあったものだが、いまはすし店がそれに代わった。これにはダイエットブームの影響もあるが、米のおいしさが世界的に認知されたことの証である。ニューヨークのすし店で出す鮭皮ロールはなかなかの珍味で、鮭皮を薄くそいで醤油に漬けて干したものを海苔代わりに巻く。

東京の気鋭のすし店では鯛皮を使ったすしや、わさびだけを巻いたすしがあり、また東京下町ではいまなお納豆巻きを出している店もあり、江戸前握りは千差万別である。

干しシイタケを出し汁でよく煮しめて汁をきったもの。

シイタケのバッテラ。干しシイタケを水でもどし、出し汁でたっぷりと煮しめて押し寿司にしたもの。シイタケを、甘すぎないように薄味で仕あげる。

コメ知識23　すしの俳句——蕪村はすしが大好きであった

すしは、江戸、明治の文人が好んで食べたもので、すしには名句が多い。なかでも蕪村は、すしの句を多く作っている。蕪村のすしに関する十句をあげよう。

鮓おしてしばし淋しき心かな
一と鮓なれてあるじの遺恨かな
鮓をおす石上に詩を題すべく
蓼の葉をこの君と申せ雀鮓
ましらげのよね一升や鮓のめし
木の下に鮓の口切るあるじかな
鮓漬けて誰待つとしもなき身かな
寂寞と昼間をすしのなれ加減
鮓の石に五更の鐘のひゞきかな
夢さめてあわやとひらく一夜鮓

●その他の江戸の俳人の句

蛇(じゃ)の鮨も昔はおもう浪(なみ)の月　西鶴
順礼(じゅんれい)も仕舞(しまう)や襟(そで)に鮨の飯　去来
飯鮓(いいずし)の鱧(はも)なつかしき都かな　其角
貫之(つらゆき)の鮎の鮨食う別れかな　其角
筏(いかだ)ふんで鮓桶洗う女かな　几董
早鮓(はやずし)の蓋(ふた)取る迄(まで)を唱和かな　太祇
鮓見世(すしみせ)や水打ちかける小笹山　一茶
柴の戸や鮓のおもしの米瓢　一茶
鮓圧しの足に寝るかよ蝸虫(かたつむり)　一茶

●明治の俳句

早鮓や東海の魚背戸の蓼(たで)　子規
鮒鮓(ふなずし)や瀬田の夕照り三井(みい)の鐘　子規
鮨の宿さがみの国の草むらに　普羅
鮓米や白きが上の夜の露　碧梧桐
朝風や鮓売り憩う椽の下　鳴雪
戦(たたかい)に馴(な)れて鮓売りに来る女哉　虚子
百韻(ひゃくいん)の巻全うして鮓なれたり　鷗外
鮎鮓(あゆずし)や生きて吉野の滝の魚　鷗外
なれすぎた鮓を女房の寝覚哉(ねざめかな)　肋骨
妻を呼び鮓桶の蓋(ふた)を取って曰(お)く　紅緑
岩倉や鮓売る頃のほととぎす　鼠骨
起き出でて宵の鮓ふく男かな　四方太
一夜一句推敲(すいこう)す腹や鮓の味　井泉水
早鮓や三国一の馴加減(なれかげん)　師竹

どんぶり

どんぶり（丼）の起源

どんぶりの起源は、いまひとつ明らかではない。『飲食事典』には「蓋つきのドンブリに一人前盛切りの飯。団体生活また簡単な会合・旅宿などで供する」とあるだけで、その起源、歴史に関しては記していない。

丼ものが庶民の食事として定着したのは昭和後半のことで、サラリーマンや商売人が昼食用として手軽に食べることができることから一気に流行した。『飲食事典』には丼の代表として「親子丼、鰻丼、天ぷら丼の類」があがっており、荻舟翁は、丼飯にはさして興味を示していない。

丼飯は、飯の上におかずとなる具をのせただけの簡単な料理であり、これは米を主食とするアジア一帯では、どこの国にもあり、立ったまま食べられるファースト・フーズの原型といえるもので、中国では盛り切りの飯に好みの具をのせる丼飯の屋台があり、韓国のピビンパも同種のものである。

日本では寛文年間（一六六一～七三）のころ、けんどん屋という名の屋台売りができ、盛り切りの飯、うどん、そばを売っていた。清水桂一『たべもの語源辞典』によると、飯を盛る鉢を「けんどん振りの鉢」といったところから、それを略して「どん振り」になったのだろうと説明しているが、判然としない。

それで、私は、その由来を調べていたのであるが、タイ国を旅していたとき、タイの歴史学者より、「ドンブリとは鉢の名称で、タイのトンブリ地方で作られている」ということを知った。トンブリ（ThonBuri）とは、タイの首都バンコクの西側にある地域で、チャオプラヤ川をはさんで、バンコクの対岸にある。トンブリはいまなお食器の産地として知られ、日本のどんぶりの原型である蓋付き茶碗を造っている。金銀で彩色され、赤青黄の紋様を描き、現地ではベンチャロン焼きとよばれ、日本の蓋付きどんぶりと酷似している。

トンブリは彩色磁器の町として栄え、日本の有田、中国の景徳鎮とともに、広く海外との交易を行なっていた。有田で焼かれたものがアリタ、景徳鎮で製造すればケイトクチン、マイセンで製造すればマイセンと呼ばれるように、トンブリで製造される磁器はトンブリと呼ばれた。磁器は古来、それを製造した地名が通称となる。手で持てる大碗に蓋付きのものをトンブリとよんでいたため、その「トンブリ」が「ドンブリ」の語源であろうというのが私の推論である。

トンブリをチャオプラヤ川沿いに北へ約百キロさかのぼると古都アユタヤがあり、山田長政がアユタヤとの交易を図ったのは慶長十七年（一六一二）である。トンブリは、アユタヤへ向かう途中の貿易港であった。

有田と景徳鎮は互いに影響を与えつつ有田スタイルを景徳鎮が模倣し、また景徳鎮スタイルを有田が模倣し、さらにマイセンがこれにからみ、トンブリもからんでいた。トンブリ・スタイルが景徳鎮でも造られ、日本に輸入されたという経緯を考えれば、蓋付きのどんぶりは、タイ国のトンブリが発祥の地であることが予測される。

トンブリで製造された蓋付き磁器茶碗は、茶碗の下部に白飯を入れ、その上にタイ料理の炒めものやカレーをかけ、蓋をすることによって料理が冷めないように工夫されたものである。私はこの推論をもとに、一九八七年、日本テレビ「謎学の旅」で『ドンブリの起源』という番組を企画し、スタッフとともにタイ国へ取材をなし、有識者諸氏の評価を得たが、私の整理の悪さから、放映された番組のビデオが散逸してしまった。

しかし、タイ国のバンコクへ行けば、博物館やジム・トンプソン美術館に、当時のトンブリ（ベンチャロン焼き）が多数展示されており、また、磁器店では現在のトンブリが売られていることから、それをごらんになれば、おわかりいただけるだろう。

日本七大丼

現在、日本で人気がある丼飯は、

①親子丼
②うな丼
③天丼
④カツ丼

の四種である。牛肉の普及により、

⑤牛丼

がのび、これにつづいて、

⑥鉄火丼
⑦玉子丼

がある。

親子丼

親子丼は、人類学上の民族料理として、日本を代表すると認定された貴重な料理である。親子丼の最初の考案者に関しては諸説があり、①早稲田大学の開校時に大学校舎近くの一膳飯屋が考えついたとするもの、②映画監督山本嘉次郎の母の思いつきとするもの、③東京人形町の鳥料理屋〈玉ひで〉の考案とするもの、などがある。人形町の〈玉ひで〉は創業が宝暦十年(一七六〇)というから、このなかでは一番古いが、創業時から親子丼を売っていたわけではない。〈玉ひで〉の店前には、「親子丼を最初に作った店」といういわれにより、ランチタイムの午前十一時半より午後一時半まで客が行列をする。〈玉ひで〉の親子丼は味がやや甘めである。

親子丼の滋味は、ひとえに鶏肉の質と地玉子の質にかかっており、上等なミツバの調達もコツである。まずタマネギを薄切りにしてその上に鶏肉をのせて、だし汁、醤油、みりん、砂糖を火にかけ、タマネギと鶏肉を入れ火が通ったところで、溶き玉子をかけて蓋をし、玉子が半熟になるかならぬかのあたりで火をとめて、蒸らす。しごく簡単な調理法であるが、簡単であるほど調理が難しいのが料理の常で、うまい親子丼とまずい親子丼は天と地ほどの差がある。玉子をさながら雲海のようにふわりと仕上げ、煮汁を多くしないところがコツである。煮汁が多すぎるとごはんがびしゃびしゃになる。また、上品に薄味に仕上げると、丼飯の持つパワーに欠けるため、濃いめに仕上げ、煮上げた具はごはんの上にすべりこませるようにするりと入れる。一人前用の小鍋を用意するといい。これはほかの丼飯を作るときも同様である。玄人の職人は、仕上がりに小さじ一杯ほどの清酒を、ほんの匂いづけ程度にふりかける。さらにあぶった海苔をもんでのせれば、いっそうの風味が増す。

うな丼

うなぎは昭和四十年代ごろまでは、しごく高価なもので、祝儀事の食卓にのみ供され、丼にせず、お重にのせたうな重として珍重された。その後うなぎの養殖が盛んになり、丼ものとして普及するようになったが、あまりに養殖した結果、稚魚がとれず、ふたたび高価な丼物となった。うな丼の栄枯盛衰記である。

うなぎは『万葉集』に大伴家持の歌として、「石麻呂にわれ物申す夏痩せに、よしというものぞむなぎ取り召せ」とあり、古く奈良時代から滋養分豊富なものとされていた。うなぎは古くは「ムナギ」であり、胸が黄色いところから「胸黄」とされた。近年では歌人の斎藤茂吉が熱愛し、茂吉は長男茂太のお見合いの席上で、将来、息子の妻となる人のうな重まで食べてしまったという逸話がある。

江戸以前のかば焼きはうなぎの口から尾まで竹串で刺して丸焼きにしていた。うなぎを開いて焼く方法は関西に始まり、関西は腹開きである。腹側から割いたうなぎを頭をつけたまま素焼きにしてタレをつける。江戸では寛政（一七八九〜一八〇一）以降、うなぎの頭をとり背開きする割き方になり、蒸して脂をぬき、やわらかくしてから仕上げた。これは腹を割くのは切腹に通じるので嫌ったためだといわれる。江戸流がやわらかくて食べやすいため、関西でも同様の焼き方が主流になった。しかし、うなぎ本来のキック力のある風味を味わうためには、関西流の地焼きのほうをよしとする嗜好もあり、現在では東京でも関西流の焼き方をする店がある。

うな丼のことを関西では「マムシ」という。うなぎを飯でまぶすことよりの転訛である。関西のマムシは、うなぎを飯の上部と中に二重に入れる。あるいは飯の中にだけ入れる店もあり、この方法は九州地方ではさらに徹底して、うなぎかば焼きを三センチほどに切り、最初から飯にまぜて、飯ごと蒸す。杉板のお重のせいろう蒸しで、ふっくらと蒸された飯全体にうなぎのエキスがしみわたり、香りもよく、豪勢な味覚である。

夏の土用の日にうなぎを食う風習は、江戸のうなぎ屋が、平賀源内や大田南畝のすすめで始めたもので、暑中の栄養食品として盛んになり、現在もつづいている。

江戸のうなぎは、秋から春にかけて利根川から海へ下りる利根川下りと、夏は羽田沖から佃へ寄ってくるものが一番とされ、関西では備前の青江うなぎがよいとされた。現在は天然うなぎは貴重な味とされて珍重されているが、養殖でも餌の種類と量の配分、うなぎの品種により、大差はなくなった。養殖したうなぎを網つきの棚に入れて川へ放ち、半天然のものとして売り出す店もある。

調理法によってどうにでもなるのがうなぎの特質で、うなぎのタレは古いほどよいというのは、関東大震災がくる前に、東京の老舗が言いだしたことでなんら根拠はない。その証拠に、関東大震災で東京の有名老舗がことごとくタレを失うと、老舗はこぞって「タレは新しいほうがいい」と言いなおした。

また、素焼きをわさび醤油で食べるのを通と考えている人がいるが、白焼きはかば

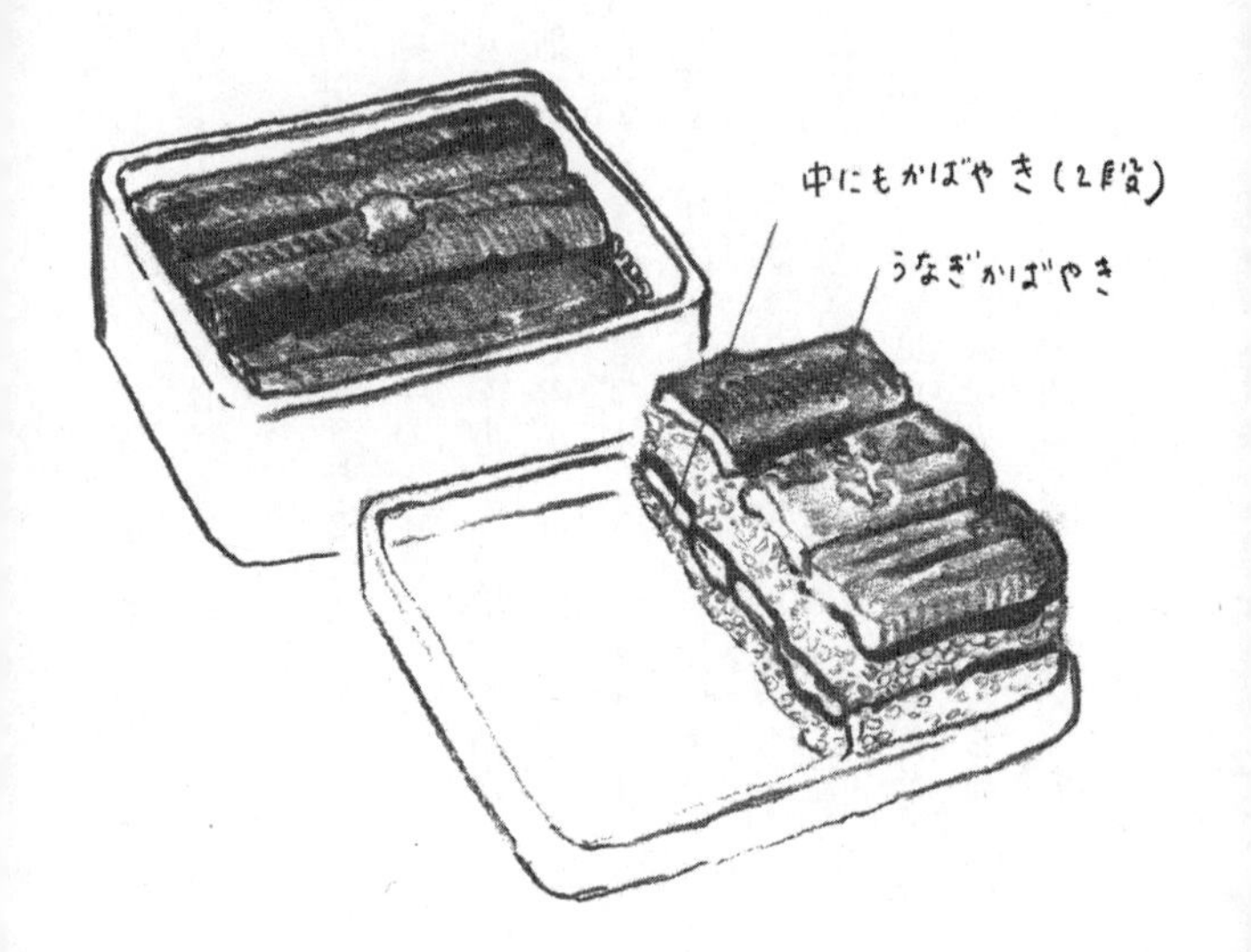
中にもかばやき(2段)
うなぎかばやき

焼きが焼きあがるまでのつなぎの一品であり、白焼きのおかわりは、古来、下品とされた。

家庭でうな丼を作るときは、専門店のかば焼きならば、そのまま焼きなおして飯の上にのせればよいが、スーパー等で安売りしているうなぎは、鍋に醬油、みりん、酒、砂糖を入れてタレを作り、煮たぎらせ、そのタレで三、四分煮たててから焼くほうがよい。こうすることによりうなぎの脂がぬけ、やわらかくなり、うなぎの芯まで味がしみわたる。

うな玉丼にする場合は、小口切りしたうなぎを長ネギとシイタケと一緒にだし汁で煮たてて、溶き玉子を加えて、蓋をして蒸らす。

料理通のあいだで近年評判のうなぎ飯は、小口切りしたかば焼きを炊きたての白飯とすばやくまぜ、タレをまぶす。うなぎのかば焼きが崩れぬようにさらりとまぜあわせて、さらにもみ海苔をたっぷりとかける。このうなぎ飯はたいそう美味なものである。

天丼

揚げたての天ぷらを濃いめの天ぷらだしにくぐらせ、ごはんの上にのせたものである。アツアツの出来たてを食べるのが身上だが、店屋物を注文し、配達されてくるうちにじっくりとしみこむ味を楽しむのがサラリーマンの名残りであった。天丼のうまさは、天ぷらと濃いだし汁と白飯の調和のなかにあり、日本固有の調理法である。

天ぷらはスペイン語のテンプロ（寺）から発したという説が有力である。関西に始まり江戸で辻売りされるようになった。近松門左衛門の人形浄瑠璃の唐人唄には天ぷらが出てくる。また家康の死因は鯛の天ぷらだとされているが、本当に鯛の天ぷらが原因で死んだとは考えにくく、むしろ死ぬ前の最後の食事に家康が好物の天ぷらを食べたとするのが妥当であろう。かつて天ぷらは薬食として用いられたこともあって、家康の死因とはいえない。鯛の天ぷらを、天ぷら店で出さないのは、家康公の死因となったという不吉な迷信の影響もあり、また、鯛のような上魚は天ぷらの具にあわないという事情もある。

天丼用の天ぷらは車エビが主流で、ほかにかき揚げをのせたものも美味である。室町時代に寺で揚げられた天ぷらは、精進料理であるから、野菜を使っていた。家庭で主婦が天ぷらを揚げるときは、台所で目につくものをやたらと揚げる傾向があり、ゴボウ天、タマネギ天、レンコン天、シイタケ天といった野菜の天ぷらが翌朝まで大量に残る。残った天ぷらを翌朝、鍋に入れだし汁で煮て、白飯にかけて食べるのは、天ぷら店の天丼とは似ても似つかぬ調理であるが、ひきずりこまれるような郷愁のある味である。

昭和五十年代までは、町の小さな惣菜屋で、かき揚げ、エビ天、キス天、各種野菜天が売られ、惣菜屋の前はいい香りが漂っており、親より「エビ天とかき揚げとイカ天買っといで」とたのまれると、高揚した気分で自転車に飛び乗り、ジャンパーをなびかせてふっとんでいったもので、店の黒い大鍋の中で、天ぷらがジュワジュワ揚がる音は、下町惣菜交響楽団のおもむきがあった。

天ぷらは、天ぷら専門店の味、町の惣菜屋の味、家庭の味とそれぞれ違った味覚があり、それぞれの味のよさがある。これもまた、日本を代表する食味といえよう。

カツ丼

町のそば屋にもあり、庶民的でなじみ深い丼である。

カツ丼の創始者に関しては諸説あるが、一説には昭和七年（一九三二）、上野の〈楽天〉という店が始めたという。

カツ丼のカツは、薄く揚げたトンカツがよく、豚肉とカツのころもに、じっくりとだし汁がしみこんだものがよい。トンカツの肉が厚いと、煮あげてもだし汁がなじみにくく、白飯とのバランスも悪くなる。タマネギは薄切りにして、だし汁と煮たててからトンカツを加え、三、四分煮たててから溶き玉子を入れる。

そば屋から出前をとる場合は、ある程度離れた店がよく、出前をするあいだのデコボコ道で煮汁がしみこみ、これを「カツ丼の道」と称するのである。カツ丼は庶民的な味として、すっかり定着した料理だが、仮に無人島でカツ丼を食するとすると、パン（パン粉用）、醬油、砂糖、酒が必要となり、ただ豚肉と玉子とタマネギの素材だけではできないため、きわめて文明的背景を持つことが理解される。またアメリカの和食店等で出されるカツ丼は、やたらと豚肉ばかり厚くてまずいものが多いことを考えれば、日本で広く普及したカツ丼がいかに吟味され、洗練された食味であるかがわかる。カツ丼もまた、ほかの丼とともに日本民族料理の傑作である。

一度油で揚げたものを、さらにだし汁で煮ふくめる方法は、さきにあげた家庭用天丼に共通する。カツ丼の具を別皿にとって白飯とともに食べる通称「わかれ」という品目もあり、また、名古屋地方では、揚げたトンカツを煮こまず、味噌ダレをかけた味噌カツ丼がある。

味噌カツ丼は、赤味噌のタレによって味のよしあしがきまるため、豚肉の味噌づけを揚げればいっそう風味が増す。あるいは豚肉を醤油漬けし、豚肉に醤油がしみこんだところを揚げると、醤油がパン粉にからまって香ばしい匂いがたちのぼり、それをどんぶり飯の上にのせるという法もよい。

信州駒ヶ根一帯で人気があるソースカツ丼は、どんぶり飯の上にきざみキャベツを盛り、そこに揚げたてのトンカツをサクサクと切ったものをのせ、ソースをかける。これはソースに秘訣があり、ウースターソースに、各種肉汁とリンゴ酢と香辛料を加えたものは、店により味がちがう。明治亭という店が販売している、カツの上に吟味私造のソースがたっぷりとまぶされたソースカツ丼は、従来のカツ丼に対抗しうる味として近来人気が高い。明治亭カツ丼ソースが販売されている。

牛丼

カツ丼についで近年急成長した牛丼は、牛肉の大衆化とともに人気を得て、牛丼チェーン店ができたこともあって、国民的丼となり、また牛丼チェーン店の海外進出とともに、ビーフボールと呼ばれて定着した。スキヤキとともに日本で発明された傑作料理である。

牛丼に使う肉は、肉の切り落としでよく、タマネギと一緒にだし汁でぐつぐつと煮ればだれにでもできる簡易食である。

牛丼の牛肉は、醬油、酒、みりん、砂糖のだし汁でよく煮こんだほうがやわらかく、美味であるが、タマネギはあまり煮こみすぎるとクタクタになり原形を失ってしまうため、牛肉を煮こんだのちにさっと煮て、サクリと歯ごたえのあるほうが上等で、高級な牛丼店ではタマネギを別鍋で煮るところがある。

牛肉とともに、ゴボウのささがきを煮こむのもよく、糸こんにゃくを加えてもよい。できあがった牛丼の上に紅しょうがを散らすのは、牛丼チェーン店の思いつきで始まったやりかたで、やや甘めの牛肉煮に、紅しょうがのさっぱりとした酸味があい、紅色の色彩もいい。牛丼店によっては、さらにその上に生玉子をかけるものもあり、これはすきやきを生玉子につけるところからきた応用だが、あまり感心したものではない。いくら大衆料理とはいえ、牛丼には牛丼なりのすじ道がある。

上等の牛丼は家庭で作るのがよく、その秘訣は、和牛の霜降りロース肉を使用することである。牛丼だから牛肉は安物でいいと考えず、高級肉店のロース肉の切り落しを使用し、タマネギに代わって長ネギを使用し、鍋に入れて強火でジャッとあぶったところへ酒、醬油、砂糖を入れて、ささがきゴボウを少々と糸こんにゃくを加えて煮汁をすべて吸いこませた具をどんぶりによそう。牛丼だから安肉でよい、という思いこみを捨てれば、上等の牛丼を食すことができよう。

鉄火丼

関東で考案された丼で、マグロの赤身を酢めしの上にのせたもの。わさびおろしを添え、海苔をあしらう。マグロの赤身が、鉄を熱して真っ赤になった焼きがねを連想させるところからこの名がついた。したがって、脳天にジンとしびれるほどの強いわさびを添える。鉄火場での料理は、手短に、さくっと食べ終わるのが粋であり、鉄火丼という名称にも俠気に富んだ鉄火肌の響きがある。

本来はちらしずしの類に入るものだが、明治以降、各種丼が考案されたときに、すし屋の出前物として登場した。マグロの赤身一色のなかに火事場の火消しの勢いがある。赤身マグロの上にはけで生醤油を塗って食べれば、いちいち赤身をはがす手間がはぶける。鉄火巻とともに、俠客や気の短い江戸っ子が好んで食べた。変形として、コハダを酢でしめた切り身をのせるコハダ丼、同じくしめアジをのせたアジ丼、赤貝を盛った貝丼がある。

鉄火丼はマグロの赤身を使ったシャキッとした淡泊な味が好まれる。また、マグロの中落ちを丼に盛ったものもあり、中落ちにたっぷりと醤油をまぶし、青ジソのせん切りをのせ、わさびともみ海苔をあしらう。中落ちの代わりにマグロの中とろを使ってもよい。

魚貝類を酢めしに盛る丼には、北海道函館名物のイカ丼、ウニ丼、カニ丼、イクラ丼がある。

その他の丼

丼はごはんの上に具を盛っただけの簡易食であり、ごはんとあう具なら、なにを使ってもよい。玉子丼は玉子をだし汁で煮ただけのもので、玉子本来の味を好む人には根づよい人気があり、子供用には甘めに味つけする。また、タマネギやシイタケを加える玉子丼にするのもよい。

開化丼は、親子丼の鶏肉の代わりに豚肉を使用したもので、関西では鶏肉の親子丼に対して他人丼とよんだ。戦後、牛肉が高価なときには流行したが、牛丼の隆盛とともに姿を消しつつある。

きじ焼き丼も、開化丼とともにすたれつつあるが、鶏肉と長ネギをあわせた、さっぱりとした滋味に捨てがたいものがある。しょうが醬油に皮つき鶏肉と長ネギの小口切りをつけこみ、油で炒める。ネギと鶏肉の皮に焼けめがついたところにつけ汁を入れて煮たたせ、ネギはほどよいところを先に取り出す。つけ汁に唐辛子を入れてもよく、よく煮からめた鶏肉と焼きネギを白飯にのせ、粉山椒をふる。きじ焼きの「きじ」は鳥の雉子ではなく、「きじ」は「生地」であり、きじ焼きとは醬油につけて焼くことを指す。ネギだけを醬油につけて焼けば、ネギのきじ焼き丼で、ネギのきじ焼き丼は、飲酒のあとにむく。

アナゴ丼は、アナゴをうなぎのかば焼きの要領で焼いて丼にしたものである。うなぎに比して味をさっぱりと仕上げる。

中華料理を丼にしたものは、中華丼、天津丼、カニ玉丼、麻婆豆腐丼がある。贅沢な丼としては、アワビ蒸し煮丼、マツタケ丼、鱧丼、カモ丼がある。貧乏なものとしては菜丼、炒り玉子丼、オカカ丼、ヒジキ丼、トロロ丼などがある。私はマツタケと

牛肉をあわせた丼を好むものである。

贅沢な丼は、高級食材をおしげもなくどんぶり飯に盛るいさぎよさが痛快であり、また貧乏丼は清貧一途の風格があって、日本人の食味にあう。そば屋のカレー丼も、カレーライスとは一風違った味わいのあるものである。

関西では冒険心に富むうどん屋が、カツうどん、親子うどん、かば焼きそばなどを出すが、いずれもまずい。これは麺とごはんの差に起因するもので、丼の具はいずれもごはんと一緒になってこそ、そのおいしさを発揮するのである。


サンフランシスコの日本食堂へ行ったときに、炊きたての白飯に醤油をかけて食べているアメリカ人がいた。その人と話をすると、オレンジジュースに醤油を二、三滴入れて飲むそうである。外に出てできたてのポップコーンを買ってきて食堂へ戻り、それに醤油をかけてから「食べてみろ」とすすめられた。これがうまいのであった。

余談として、白状丼というものがある。カツ丼であるが、並のカツ丼とは違う。なぜ白状丼かと言うと、隠れ家を白状しない泥棒が、この白状丼を食べたいばかりに白状してしまうからだ。

昭和時代は、犯人は普通のカツ丼一杯で隠れ家を白状してしまったものだが、口がこえてきたから、キャビア丼出そうが、天丼出そうが、そう簡単には白状しない。

白状丼はまず豚肉を醬油につけて一時間おく。豚肉に醬油がしみこんだところで、トンカツにする。さすれば、醬油の香ばしい匂いがぷーんと広がった醬油トンカツが出来あがる。それをサクサクと切って丼飯の上に乗せる。

蓋をした丼をぶらさげた刑事が取り調べ室を一周すると、揚げたてのカツの香りと醬油の風味が白飯にしみこんで、このうまさは格別である。そいつを取り調べの初日に食べさせて、味を覚えさせてしまう。

で、二回目からは、このカツ丼を持って取り調べ室を三周すると、香りが取り調べ室に充満する。刑事がカツ丼の蓋をとると、

「も、申しわけありません、で、した」

と、白状してしまう。

また、嵐山親子丼なるものがある。

朝四時に起きると忍者スタイルとなり、右手に投げ縄、左手に網を持ってニワトリ小屋へ這っていく。ニワトリに気づかれないように進み、小屋裏にかくれて、ニワト

リが玉子を産むのを見届ける。この場合、放し飼いのニワトリであることが望ましい。放し飼いだからトカゲやら自然の草やらを食べてすこぶる元気がいい。ニワトリが地玉子を産んだら、右手の投げ縄でそのニワトリをつかまえ、左手の網でその玉子をすくいとり、そのニワトリと玉子で親子丼を作る。これぞ正真正銘の親子丼なのであります。

私は実用料理本『料理ノ御稽古』（光文社文庫）のなかで、日本百大丼を作って、写真を載せた。

①鉄火丼②ひと口カツ丼③ウナ丼④レンコンの天ぷら丼⑤牛丼⑥マツタケ丼⑦ウニ丼⑧イクラ丼⑨カズノコ丼⑩コハダ丼⑪納豆玉子丼⑫ナスとミョウガ丼⑬菜めし丼⑭ネギ丼⑮シメジ丼⑯炒り玉子丼⑰いわし丼⑱シャケ丼⑲オカカ丼⑳カニ丼㉑菊の花丼㉒ナメコ丼㉓塩辛丼㉔タイ丼㉕ゴマ丼㉖カマトロ丼㉗ミソ丼㉘ハモ皮丼㉙カモ丼㉚シソの実丼。

あと、番付に載せたのを記していくと、㉛中華丼㉜カレー丼㉝豆腐丼㉞タラコ丼㉟らっきょう丼㊱鳥そぼろ丼㊲すき焼き丼㊳白魚丼㊴ショーユ丼㊵イワナ丼㊶ホタテ丼

㊷ハマグリ丼㊸トリ貝丼㊹つくし丼㊺ホルモン丼㊻ホウレン草ゴマあえ丼㊼メザシ丼㊽サンマ丼㊾クジラのベーコン丼㊿赤貝丼51シイタケ丼52シナチク丼53ワラビ丼54うめぼしおかか丼55シャコ丼56ハコベラ丼57シューマイ丼58キムチ丼59ひじき丼60ニボシ丼61玉子丼62フカヒレ丼63大根丼64ヤキソバ丼65ボルシチ丼66塩丼67水ギョーザ丼68ビーフシチュー丼69天津丼70アナゴ丼71とろろ丼72イカ丼73マス丼74ワカメ丼75フグ丼76タケノコ丼77タラ丼78おぼろ丼79タラの芽丼80ナズナ丼81シジミ丼82焼き豚丼83セリ丼84タマネギ煮丼85もみのり丼86サワガニ丼87ニシン丼88チーズ丼89キンピラ丼90塩コブ丼91きざみキャベツ丼92ハヤシ丼93オムレツ丼94ワケギ丼95きゅうり丼96ニンニク丼97ワサビミソ丼98紅ショーガ丼99豚角煮丼100フォアグラ丼。

作ってみて意外にうまかった成長株丼は、⑭ネギ丼㉒ナメコ丼㉙カモ丼㉝豆腐丼であった。豆腐丼は、丼に半分ほど飯を入れた上に豆腐半丁を乗せ、そこへネギ、シソの葉、しょうがをきざんだのを好みで乗せ、しょうゆとゴマ油をかけてかきまわして食べる。見ための悪いが食べると仙人の境地となる。

コメ知識24　うなぎ五匹で数十両をとられたお大尽

江戸の料理話には食通をからかうエピソードが多い。金はあっても生半可な注文をする客を馬鹿にする内容だが、こういった話を酒の肴として味わう気風が江戸にあったのは、つまりは客はみな食通を気取っていたことになる。食通をからかうのは食通である。しかし、お大尽をこけにしながら食べるうな丼はまた格別なはずで、からかい話もまた、山椒の実のような香辛料というべきだろう。

『飲食事典』「うなぎ（鰻）」の項にはつぎのようにある。

天保（一八三〇〜一八四四）年間に宇治の料理茶屋菊屋へ、取巻の幇間を連れて大阪の大尽客が乗りつけた。京の遊びにも飽きたからついでにこっちへ回ったのだが、名代の丸立を出してくれという注文。相手は中之島の富豪ということで「宇治の丸」の名称だけは知っていても実はわかっていなかったのを、わかっているような顔をして大束をきめたところに弱身があったらしい。注文が通ると菊屋の亭主はわざわざカミシモを着けて座敷に現われ、鄭重に挨拶の上やがて杯盤が運ばれると、取あえず見つくろいということで酒肴いろいろの鉢物など出るけれど、注文のウナギはなかなか見えないのでどうしたのかと不審に思ううち、程経てやっと出されたのは貧弱な細いのがたった二本なので、折角来たのだからもっと沢山出せというと、畏まったとばかりでまた長時間待たせた後、追加に出たのがやっと三本、仕方なくそれで茶漬など食い酒も止めて勘定をきくと、心持次第で結構という。再三たずねても同じ答えを繰り返すので、扱いかねた取巻の幇間が亭主を片隅によんで、これまでの振合を内々きくと、二〜三〇両のこともあり、過分に心付けられたのは五〇両のこともあったとの答に、びっくりして目を丸くすると、そのわけをお見せ申そうといって裏の小屋へ連れて行かれた。見ると大きな半切桶に数杯のウナギがうようよしているのを、亭主はしさいらしく指ざして、宇治中のウナギを全部買取ったもの、よって宇治丸と唱え、中から僅か三〜五本吟味して出したのだが、残りは全部宇治川へ放生する、右のしだいだから施主となって所望する客も少なく、祖父の代に両度、親の代に一度あったきり、自分になってからは今日がはじめてで、もとより利欲の心はなく身の名聞だから、心持次第で結構なのだというわけで、さすがの大尽も二の句が出ず、亭主を京の宿まで連れ帰って数十金を渡したという。

コメ知識25　**天ぷらの名づけ親**

天ぷらの語源は山東京伝にありとする俗説は、京伝が言いふらしたというよりも、江戸の屋台商がシャレでそう言ったと見るのが妥当だろう。京伝は江戸深川質屋の息子で、弟の京山は篆刻業のかたわら兄にならって戯作を書いた。京伝は吉原に足しげく通い、遊里を美の道場としたが、書いた洒落本が発禁になり手鎖五十日の刑を受けた。のち煙草屋を開き、煙草のデザイナー兼商人として成功した。なんでもできた才人であったから、天ぷらと名をつけたのは京伝であるという言いぶんは、いかにもありそうな話で、そのぶん話ができすぎている。

『飲食事典』「てんぷら（天麩羅）」の項ではつぎのようにある。

語源は山東京山の『蜘蛛の糸巻』（一八〇六）によると、天明の初年利介という大坂者が放蕩の結果駆落して愛妓と一緒に下って来たが、路用も十分にあるはずはないから、忽ち生活に困り夜店でも出そうということになり、上方で附揚というのが江戸にはまだないようだから、これを辻売して見たい、然るべき命名をとの頼みに、兄の京伝が「天麩羅」とつけてやった。いわれは天竺浪人がフラリとやって来て始めるのだから、即ち天プラだ、また天はアマで揚げるに通じ、麩羅は小麦粉の薄ごろもを着ける意だというので、京山自身兄の命により看板を書いて与えたのが命名の由来だとあるのは、最も人口に膾炙（かいしゃ）しているけれど、これは山東兄弟の附会でしかあるまい。すでに近松の浄るりにも唐人唄にテンプラの詞があり、さかのぼっては徳川家康の死因が油で揚げた鯛の食傷と伝えられるのでも、油脂を応用した魚類の調理法と、テンプラの語が日本にも伝わっていたことはわかり、利介のいわゆるツケアゲが上方で行われたことも明らかである。

味つけごはん

まぜごはんはごはん通からは敬遠される傾向がある。それは米の質とおかずが向上したためで、炊きたてのごはんと漬物さえあれば、あとはなにもいらぬという粗食派にも共通する傾向である。外国産の米を炊いたごはんは、おかずがいかに吟味されたものであろうと、食欲はすすまない。米の質がすべてを左右する。

俗にまぜごはんといっても混同があり、①炊きこみごはん、②炊きあがったごはんにまぜるもの、③ピラフ（米を炒めてから具と炊きこむもの）、あるいは④パエリャ風のもの、⑤西洋粥リゾット、まである。これらを総称して味つけごはんという。要はごはんにさまざまな具の味がまぜあわされているものである。

味つけごはんは、味をつけた強飯（こわいい）の総称で、万葉びとは粥を食べており、蒸した強飯は行事食であった。それも限られた上流階級の食事であり、現在のように炊いた米が庶民の口に入るようになったのは、江戸時代中期になってからである。

江戸時代になっても、米は高級品で、庶民は麦飯が主であり、麦7米3の割合で炊きこんだ。幕府を支えるためには農民が米を食べることは許されなかった。

それでも、たまに米を食べるときは、米だけでは高価なため、イモや野菜をまぜあわせて炊いた。雑炊が、もとは量を増やすための「増水」であったのと同じである。したがって、炊きこみごはんは、現在のようなうまみを追求した料理ではなく、本来は貧乏食であった。

米を節約するため、雑穀、野菜を混炊したものを「かて飯（合飯）」という。『延喜大炊式』に「糅または雑穀」とあるのがかて飯で、炊きあわせることを「かて」という。「かてて加えて」という「かて」と同義である。「かてしがき（糅飯）」という言い方もあり、『飯粥考』には「黒豆、小豆、角豆、何にもあれ合わせて炊きたるを言ふ」とある。

江戸の洒落に「豆、小豆、麦やお芋とへだつれど、まぜれば同じかて飯の種」とあり、まぜてしまえば豆だろうが麦だろうが見分けがつかなくなるという調理法である。

昭和に入ってからも、終戦直後の米不足のときは、米にサツマイモや麦をまぜたイモ飯が広く流布した。この時代を経験した人は、まぜものがない純ムクのごはんを銀シャリとして尊び、その余韻が、ごはん通をまぜごはんから遠ざけている一因であろう。

また、まぜごはんというと、五目ずしを連想し、「そんなものは雛祭りに子供が食えばよい」と反発する風潮も、まぜごはん否定派にはありがちである。

江戸時代のかて飯は、かやく飯の原形である。

「かやく」は「加役」で、主材料に加役するという意味である。そばに入れるきざみネギもかやくであり、牛鍋などに加える野菜もかやくである。主食にまぜあわせる野菜、乾物をかやくといい、かやく飯は、米に、ゴボウ、ニンジン、生シイタケ、こんにゃく、油揚げなどをまぜあわせて炊いた飯である。家庭料理として好まれる素朴な味である。

また、かやくは薬味であるところから「加薬飯」とも書かれる。薬問屋が集まっていた大坂道修町（どしょうまち）で、滋養ある野菜と乾物を選びだして、ごはんに炊きあわせたことから、この名がついた。「加役」転じて「加薬」となった。「加益」の字もあてられる。

まぜごはんを嫌う人でも、では「マツタケ飯はどうか」と言えば、「食べる」と言う。ここには信仰食品としてマツタケの位置がある。マツタケはイメージの食品である。いっさいの嗜好はイメージのなせる術で、「マツタケごはんですよ」と知らされるだけで、「凄い！」と叫んでしまう。「アワビごはんはどうか」「鯛飯はどうか」「タケノコごはんはどうか」と問われれば、喜んで食べる。

これは、まぜごはんが、本来は貧乏食でありながら、しだいに贅沢な食として変容してきたことにほかならない。季節の風味をたくみに米と一緒に炊きこみ、ごはんの滋味をいっそうひきたてるのである。

室町時代に寺院で出したごはんに法飯がある。これが現在の五目ごはん初期のものである。この場合、炊きだしたごはんに、あとから具をのせた。「芳飯」「包飯」などの字があてられ、公家や僧家の日記に出てくる上流階級の料理であった。簡単でかつ見た目が豪華であった。

また豊後の黄飯は、ごはんにクチナシで色づけをしたものである。魚菜類の炒め煮を染飯の上にのせ、めでたい正月料理とした。クチナシには駆虫の効があるとされていた。

肥前の郷土食に船頭飯があり、炊いたごはんに、カブ入りの濃い味噌汁をかけて食したものであるが、これは簡易雑炊に類した米節約の簡単食である。

まぜごはんには、具を最初から入れて炊きこむものと、炊きあがってからまぜあわすものと、二通りがある。味つけも最初からごはんにつけてしまうものと、材料だけに下味をつけるものとに分かれる。

これは、マツタケ飯の作り方ひとつにしても、種々意見が分かれるところである。古来の方法は、鍋に米とだし汁を入れて火にかけ、沸騰したときに薄塩で洗ったマツタケを加えてまぜあわせて炊きあげるものである。マツタケを最初から加えることによって、マツタケの味と香りをたっぷりとごはんにしみこませることを本義とする。

それに対し、下味をつけておいたマツタケを、ごはんが炊きあがる寸前に加えるという折衷法がほぼマツタケ飯作りの主流となった。マツタケの香りを保つためには有効であり、マツタケのしゃきっとした食感を愉しむ。これは、江戸流ではなく室町時代の法飯の作り方に近い。

なにゆえ、この二つの流儀があるかというと、マツタケが高価なため、調理人が迷うことが一因と思われる。私の経験を申し上げると、中国雲南省を旅したときはマツ

タケが安価に手に入った。雲南省はキノコの宝庫であり、鶏粽（ジーツォン）、干歯菌（トリフ）、金針菇（黄金キノコ）はじめマツタケより高価なキノコが多い。とれたてのマツタケが一本五百円であり、さっそくマツタケ飯を作った。米四合に対してマツタケ五本を立ち切りにして入れ、最初から米と一緒に炊きあげた。以後、私はマ

ツタケ飯をこの流儀で作っている。

コメ知識26　本来のイモ飯はサトイモを使う

イモ飯というとすぐ念頭に浮かぶのはサツマイモで、サツマイモをさいころに切り、飯のふきあがったところへ入れ、少量の塩を加え、蓋をして蒸らしてからまぜあわせる。米不足をおぎなう貧乏食であり、盛った飯茶碗からサツマイモだけをよけて食するため、なんのために増やしたかわからなくなる。戦後非常食として流行したが、本来のイモ飯はサトイモを使用するものであった。
『飲食事典』「いもめし（芋飯）」の項ではつぎのようにある。

里芋の子ばかりをえらび、適宜に切って塩を加え、茹でて炊き立ての飯にまぜる。また米一升に里芋一升の分量でよく洗い、大きいのは二つ切、小さいのはそのまま米と一緒に釜へいれ、水加減は常のとおりにして適宜に食塩を加え、たき上ったらしばらく蒸らしてから杓子でまぜながらうつわに取る。またヤマノイモをアラレに切って水にさらし、米にまぜてたくところもある。

コメ知識27　法飯は器に盛った飯の上に具をぎっしりのせる

法飯は寺院食であるから精進料理が原則である。つぎに引いた『本朝食鑑』では白飯とあるが、豪華なものはクチナシの汁で着色した。麸、かんぴょう、こんにゃく、シイタケ、油揚げのほか、かまぼこ、いり玉子、ネギ、ゴボウ、ニンジン、セリ、ミツバなどを使用する。見た目の彩りをよくして飯の上にのせた。材料は下味をつけ細かく切って、ぎっしりとのせる。すまし汁を添え、汁とともに食する。調理した具を飯の上にのせず別皿に盛りつけるのを菜飯（さいはん）という。

また法飯というのもあり、これも僧家の食である。尋常（ふつう）白飯の上に雑（いろいろの）蔬や雑（いろいろの）乾肴の煮炙したものを細かく刔（きざ）んで置き、味噌の清汁の煎熟したものに浸（ひた）して食べる。これはまだ何を治（なお）すのに効があるか識らない。惟（ただ）、叢林（そうりよ）家の風変わりな食べ物というだけであろうか。

コメ知識28　黄飯は大友宗麟伝来の中国式家庭料理

豊後の黄飯はニンジン、ゴボウ、キクラゲ、ネギのほかに焼き魚を炊きこんだ豪華な郷土料理で、正月の料理として城中で供せられた。これに対し公家の埦飯（おうばん）という料理もあり、調理法は黄飯とほぼ同じである。慶事、遊覧、催し物の豪華料理で、殿上の饗膳であった。黄飯の具を、さらに上等にしたもので、「おうばんぶるまい」は、ここから生じた語である。年中行事食として盛んになったが、応仁の乱（一四六七〜七七）以後衰退し、江戸時代になると、年始の祝儀として食された。民家ではこれをならい、年始に、親戚、縁者を集めて歓待し、「埦飯」転じて「大飯（盤）振舞」の祝儀となった。

天保四年（一八三三）の『都鄙安逸伝』にはつぎのようにある。

豊後の黄飯

黄飯は栄曜なるやうなれども焚方によりて利方になるへければ。爰に豊後臼杵辺にて専ら食する焚方を記すなり　○先茄子のある時分ならば茄子を。小ならば厚二三歩の輪切にし。大ならば二つにわり右の厚みに切多く用ひ扨いもからの生を長一寸六七分に切三つ位にわり。水に浸しおき牛房をさゝがきにして是も水に浸し各〻よく悪汁を出し又根を一寸二三分に切皆一同に鍋に入よく焚て醤油をさし。いつも汁などにするより能煮て其所へ魚（こち、かます、くち）などの小骨なく油のすくなきを見合鱗をふき取頭を去鍋の中なる加やくの上に入しばらく焚て能煮たるとき箸をもつて骨をすごきとり。右かやくとかきまぜ器に盛飯の上におきかきまぜて喰なり。

○右魚をいればかやくも略し。時分〳〵の価やすき野菜を多く入て食する時は。汁菜などこしらへるに及ばす。おのつから米を助る一助となるへし

コメ知識29　**船頭飯はカブ入り味噌汁をぶっかける豪快な飯**

船頭飯は、天保の飢饉（一八三三〜三六年ころ）時に、節米法として考案されたものだが、カブ入り味噌汁を飯にかける法は秀逸で、平時に応用してもよい。船頭飯という命名が、いかにも精力がつきそうでよい。命名もまた料理の印象を決める因になる一例であろう。

大蔵永常の『徳用食鑑』に肥前の船頭飯として「味噌汁を濃して、蕪を厚さ五〜六分に切り（大ならばまた二つに切り、小ならばそのまゝ）右汁に入れ、やはらかにつぶれる位に煮、さて飯は常の如く炊きて、右蕪を椀によそひ、その上に飯を少し盛りてかきまぜ食すべし、別に菜のものなくて食することとなれば、米少くいるのみならず大いに徳用也、これを船頭飯といへることは、肥前唐津辺の浦々の漁人、或ひは船子など炊て食するによりて、かく呼べると見えたり」。

炊きこみごはん

大根飯

本来は貧乏食であった炊きこみごはんが、庶民の味として流行したのは江戸中期である。社寺行楽地の茶屋飯屋が、茶飯一膳飯を出して人気を得、菜飯、桜飯、いわし飯などといった炊きこみごはんが広く流布した。

『素人庖丁』には、「魚鳥飯之部」として、玉子飯、かびたん飯、鯛飯、網雑喉飯(あみさこめし)、黒人飯(くろす)ほか、数多くの炊きこみごはんが収録され、『都鄙安逸伝』には、南瓜飯、里芋飯、薩摩芋飯、大根飯などの記載がある。大根飯は、なますに切った大根を、ごはんが炊きあがる寸前に加えて蒸らす。大根をよく蒸らし、ごはんと一緒にかきまわす。「米のすくなくいるようする事なれば大根を多く入れ」とある。越前国大根飯は、鍋の底に賽の目に切った大根をしきつめ、その上に米と麦を加えて炊きあげる。大根が鍋の底にこげつかないように菜箱を底におく。

大根菜飯は、大根の葉を陰干しにしたものをきざんでごはんと一緒に炊く。芋の葉飯は芋の葉を陰干しにしてきざみ、大根菜飯と同様にごはんと一緒に炊きあげる。『都鄙安逸伝』は江戸時代の家庭料理書であり、いずれも質素な江戸の食生活を指南している。

江戸時代の庶民の炊きこみごはんは、こういった菜飯(なめし)が一つの主流であった。小松菜、京菜、カブなどのほか、野草も炊きこんだ。『本朝食鑑』には「その味甘美にして、気を下し胸を寛気、食気を停滞せしめず」とある。菜は塩で下味をつけてざっとゆで、細かくきざみ、ごはんが炊きあがる寸前に加えて蒸らす。野草の場合は摘みたてに塩をかけ、熱湯をかけ、アクぬきしたものを炊きあわせる。江戸の一膳飯屋は、菜飯に味噌田楽(おでん)を添えて売り出した。田楽に木の芽を添えると、菜飯の味が一段とひきたった。伊勢の宮川堤や江戸の隅田川堤に「なめしでんがく」の幟(のぼり)がはためいている様子は浮世絵に描かれている。

また、青菜ではなく、大豆を炊きこんだ大豆飯というものもあった。節分で豆まき用に使った大豆の残りを炊きあわせたものである。栗をまぜた栗ごはん、栗をまぜた栗ごはんも同様である。栗ごはんを炊くときは、栗を一度焼いてきつね色の焦げめをつけると晩秋の風味がひきたつ。ムカゴごはん、ギンナンごはん、サトイモごはん、青豆ごはんも、はかない滋味があり、見た目が涼しく、その、はかない風味のなかに自然のエキスが秘められている。春になればツクシごはんがある。こういった風味は、昔は貧乏食であったが、粗食もまた味である。はかなく、薄味で、ほのかにやわらかく漂う香気が、ごはんと奏であう味覚は、日本人の繊細な舌あってのもので、決して軽んずべきものではない。悲しみを帯びた静謐(せいひつ)なさざ波のような風味こそ、むしろ尊ぶべきであろう。

深川飯

品川飯ともいうが、このところ江戸の郷土食である深川飯が見なおされ、駅弁にもなり、人気を博している。深川飯は、アサリむき身の炊きこみごはんである。アサリを塩水で洗い、細切りにしたしょうがと清酒でから炒りし、醤油、みりんを加え、煮汁がなくなるまで煮こみ、ごはんが炊きあがる寸前に加えて蒸らす。炊きあがったごはんにはらりとアサツキをかける。江戸前は、醤油がやや濃いめで、味がこっくりするのをよしとするが、最近は、関西流に薄口醤油で上品に炊きあげる調理法が主流となり、駅弁もその流儀で作られている。

炊きこみごはんは、それぞれの具を生かすために、できる限り薄味にするにこしたことはないが、それでは、どの炊きこみごはんも味が似てしまう。深川飯は、東京湾に多産するアサリを使用し、濃い味つけが本来のものであった。

江戸時代はアサリではなくハマグリとシャコを多用した。もともとはハマグリが深川飯で、シャコが品川飯であった。大正以降、湾内が埋め立てられ、ことに品川沖のシャコは不漁となったため、本来の品川飯は姿を消した。

ハマグリ飯は、ハマグリをよく砂出ししてから清酒と醤油だしで煮だし、ハマグリの貝の蓋が開くと同時に半生ほどで取り出す。この場合はみりんは入れず、ハマグリの煮汁を加えてごはんを炊き、炊きあがった茶色の飯にざっくりとまぜあわせて食す。ハマグリの風味がごはんと混合した初春の味覚である。

また、シジミ飯、トリガイ飯、カキ飯も風味がある。カキを炊きこんだカキ飯は、カキがとれる広島地方の郷土料理である。むき身のカキはやわらかくて煮くずれしやすいため、下味をつけて、炊きあがる寸前に加えて、形がくずれないようにしてまぜあわす。貝の炊きこみごはんは、それぞれの貝の特質を生かしつつ調理することが肝心である。

鰯飯

魚をまるごと米と一緒に炊きこむ方法は、江戸の一膳飯屋の流行であった。庶民に人気があった鰯飯は、頭を切り落とした鰯を鍋の飯へ突き刺し、炊きあがったところで鰯をひきぬく。すると骨だけ抜けて、ごはんの中に鰯の身が残り、それをまぜあわせる。鰯は下魚（げうお）とされ、上流階級の者は食べなかった。しかし「イワシ千遍タイの味」と諺にあるとおり、十分にさらしたものは鯛に劣らず、値も安く、滋養が高い。鰯飯は一世を風靡した炊きこみごはんであるから、もっと見直されてしかるべきだが、当世では、鰯より高価で美味な鯛飯がもてはやされるようになった。

鯛飯

鯛を丸ごと一匹使った鯛飯は、飯の上に鯛がドーンとのっているところに豪勢な趣がある。これは、刺身になる新鮮な鯛さえあれば、どこの家庭でもできる。コツは、

江戸時代のイワシ飯をガス釜で炊く。コメには、
塩、酒、醤油少々を入れておく。そこにイワシを突っこ
むのだが、このままだと、イワシが浮いてしまうから、
首の部分に、小石と梅干しを入れる。小石の重みで、
頭部が下に沈みます。

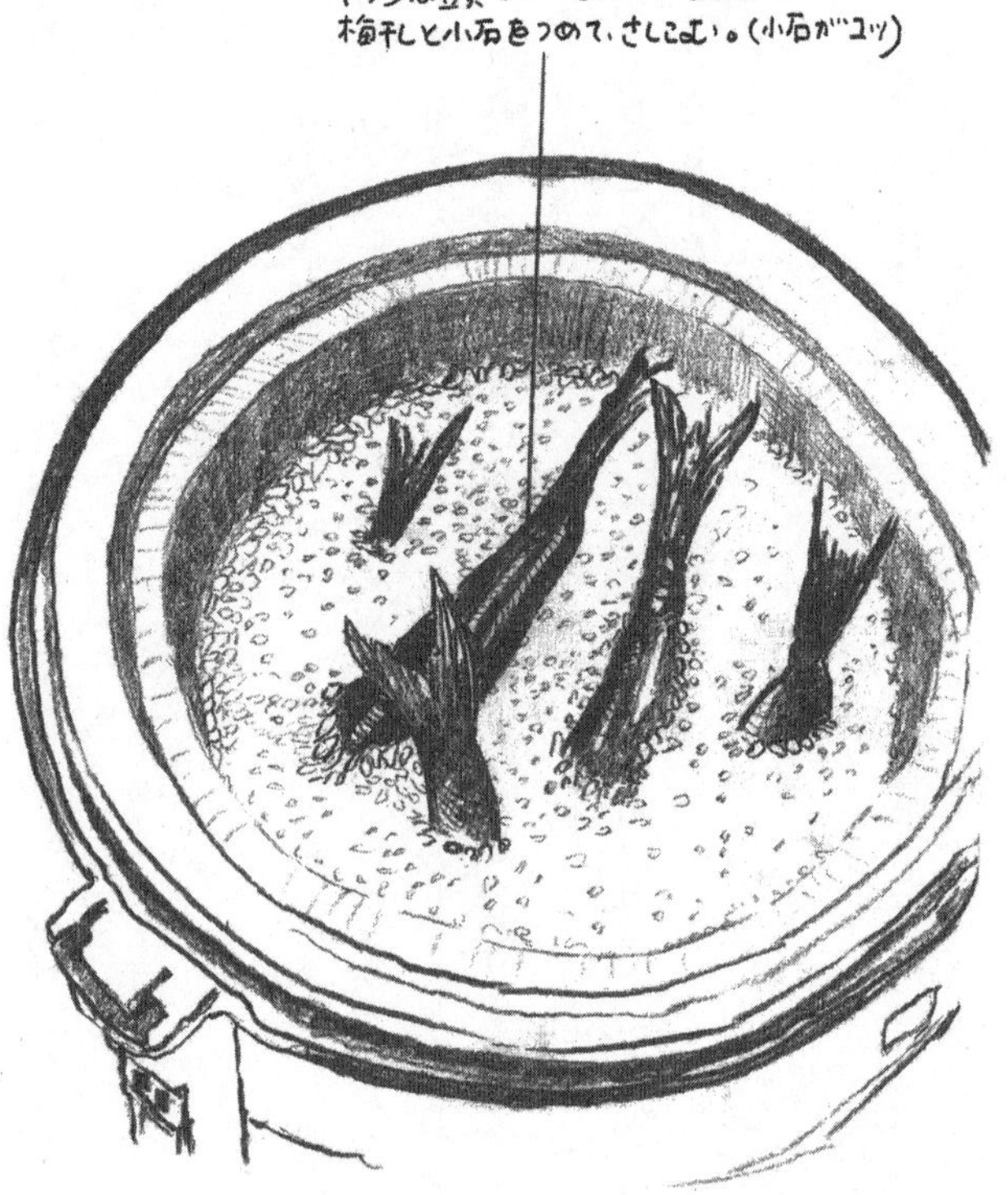

清酒を多めに使うことである。鯛の生臭さをとる。また、炊きこむ鯛を焼いてから加えたほうが風味が強く残る。

鯛のうろこをよく落とす。うろこは念入りに取る。うろこが一枚でも入っていると舌がちくりとする。鯛一匹を売っている鮮魚店にうろこを取ってもらうという手がある。えらを取り、はらわたを取り（これも鮮魚店に頼むのがよい）、薄塩をふって、皮がはげないように焼く。そのためには金串を刺して穴をあけるとよい。土鍋にだし昆布と清酒を入れて、三十分ほど煮、薄口醤油を入れ、そこへ米と鯛を入れて炊けばよい。炊く時間は弱火で二十分が目安、炊きあがったら十分ほど蒸らす。土鍋の蓋をとると、鯛が丸ごと一匹ごはんの上に浮かび、祝い事の食卓にはひときわ映える。ひとしきり食客にワイワイ言わせて見せつけてから、調理人は鯛を取り出し、小骨を取り去って、まぜあわす。

鯛は米との相性がよく、ごはんの一粒一粒に鯛のうまみがしみわたり、鯛飯は炊きこみごはんの傑作品である。

嵐山家の花見弁当である。基本はタイのさくら飯である。かまぼこはタイのかまぼこで自家製。貝は、春になるとハマグリがうまくなる。焼きうには、ハマグリの貝にのせ、じっくりと焼く。焼きものは、サワラ西京漬とマナガツオの照り焼きで、味の濃いものはさける。サクラの花びらは、梅酢漬けのしょうがを使うが、花見の席だから、現場へ行ってから、本物のサクラを使う。ふだん食べなれたものばかりを、ほんのちょっとずつ使うのがコツである。

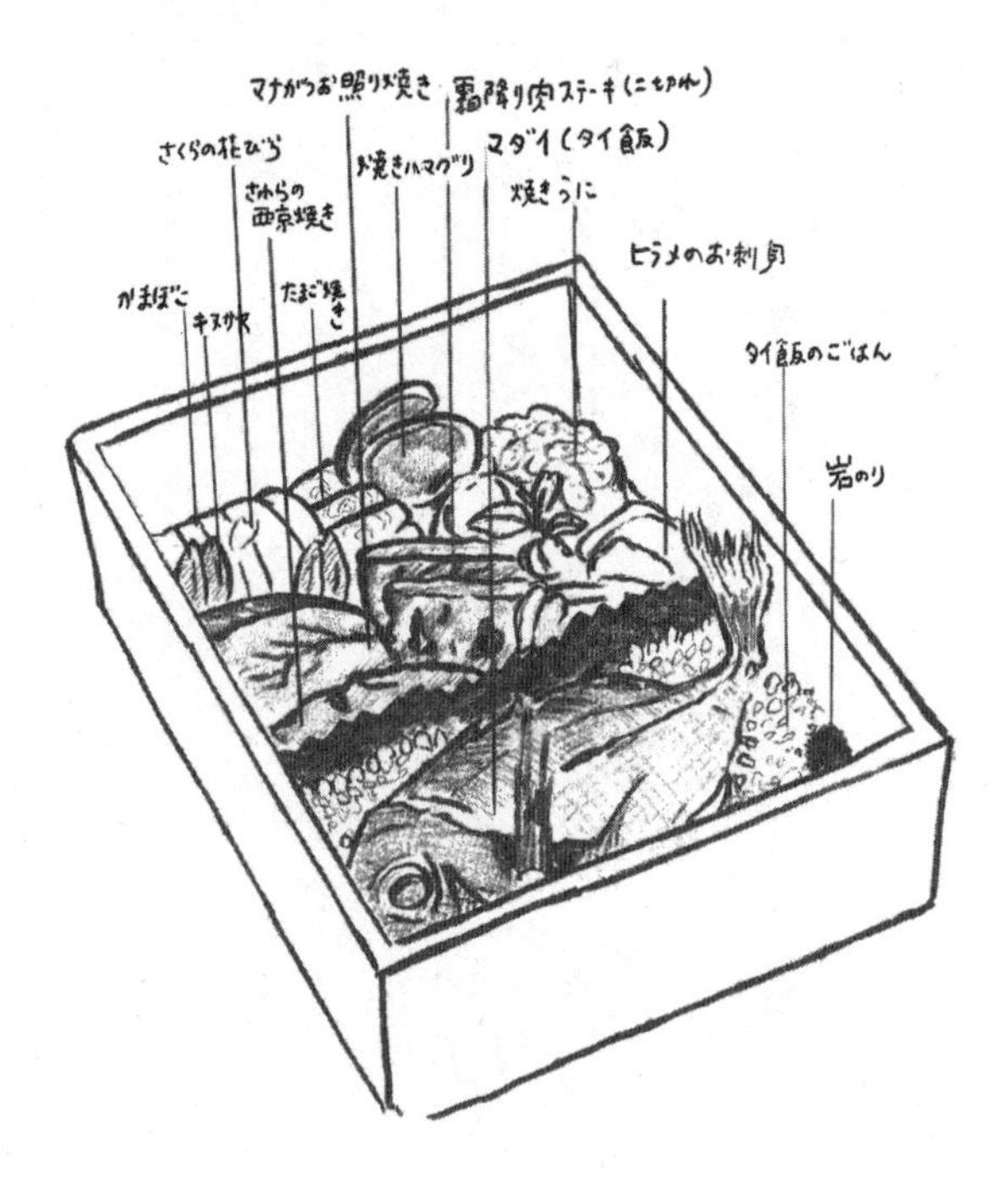

タケノコ飯

初夏の味として、日本人の食卓に定着したタケノコの炊きこみごはんである。竹は古くは『古事記』に登場し、タケノコは珍重されたが、焼いたり煮炊きする調理法が主で、タケノコを炊きこみごはんにする方法は、江戸中期になってより流行した。それは、炊きこみごはんが、ごはん自体の風味を味わう贅沢品に変化したためである。『素人庖丁』には三十近くの炊きこみごはんが紹介されているが、タケノコ飯はなく、わずかに『名飯部類』の「名品飯の部」に「淡竹筍(たけのこ)めし」として出てくる。

タケノコ飯をうまく作るコツは、タケノコのアクを十分にとることにつきる。朝掘りのタケノコを、その日のうちに調理すればアクは残らない。一日経るとアクが残る。時間がたつほど味が落ちる。そのへんが、簡便をよしとした江戸の炊きこみ飯としていまひとつ人気がなかった原因であろう。調理に手間がかかる。

京都の料亭で出されるタケノコは、早春の二月か三月に、竹林の下を深く掘り下げて取り出された貴重食材であり、それを炊きこみ飯にする発想は、明治期の風流人が好んだものであろう。

タケノコ自体は、えぐみと香りはあってもだしは出ないものであり、だし汁は鶏肉で味をつける。地域によっては、エビを入れたり、ちりめんじゃこを入れたり、かつおだしを使う。昭和時代の家庭で食べたタケノコ飯には油揚げのせん切りが入っていた。これはすべて、タケノコのごはんの味をひきたてる工夫である。

皮つきのタケノコは米のとぎ汁で一時間以上ゆで、煮汁の中で冷ます。このとき、とぎ汁に赤唐辛子を入れるとえぐみがよくとれる。ゆであがったタケノコは、ひめ皮をあえもの用、穂先は天ぷらかすまし汁用にし、中部のほどよくやわらかい部分がタケノコ飯に適している。鶏手羽肉を賽の目に切り、かつおだし汁とタケノコを加え、せん切りにした油揚げも加えて炊きあげる。

京都の高級タケノコ料理屋で出すタケノコ飯は、薄味で、タケノコ以外の具は入っておらず、そのくせタケノコの精がふわりと立ちあがり、なるほど京のタケノコ飯は格が上だと感じ入った。とはいえ関東風の濃い味のタケノコ飯も捨てがたく、鶏肉はだし用のみとして、油揚げは極細に切りきざみ、正体をわからぬようにすればよい。炊きあがった飯に木の芽やもみ海苔をほぐして入れるのもよい。

マツタケ飯

マッタケ飯は、前述したとおり、作り手も食客も一瞬身構える贅沢なものである。マッタケの値の高さに関しては種々議論のあるところだが、マッタケの滋味は値が高いところにある。人間は、値が高い食材を珍重する傾向があり、これは知的味覚であって、決して自嘲すべきものではない。鳥獣にはなくて人間のみに存する思考的な味覚と考えるほうがよい。マッタケ一本一万円という高値を容認している民族が日本人なのである。

マッタケ以外のキノコは値が安く、シメジ、シイタケ、マイタケなどを炊きこんだ飯は、マッタケ飯に劣らず美味なものである。キノコ飯をうまく作るコツは、中国雲南省で作ったマッタケ飯と同様にキノコを大量に使用するところにある。キノコは、煮だす前はかさばっても、炊きあげると量がしぼんでしまう。そのため、一見多すぎると思うほどの量がちょうどよい。

キノコ飯は鶏肉と油揚げを隠し味にする。皮つき鶏肉は皮だけをあぶって余分な脂を落としてみじん切りにする。米粒より小さくみじんに切り、かつおだし汁に入れ、炊きあげる。なかでもシメジが味も香りもよい。新鮮なキノコを各種まぜあわすのもよく、キノコがごはんと渾然一体となって森林の香りを醸しだし、鶏肉と油揚げによるコクとうまみがごはんにしみる。炊きあがる湯気の中にまでキノコの精がゆらりと生きている。

桜飯

『素人庖丁』にある桜飯とは、タコ飯のことである。タコをぶつ切りして飯と炊きあわせたものである。タコは米と相性がいい。ただし市販のゆでダコは塩気が強いため、ゆでなおして塩分をぬき、薄口醬油とだし汁で煮あげる。生のタコが手に入れば、それが一番よい。タコにささがきゴボウを加えてもよい。タコを炊くと桜色になるため、この名がある。

また、東京では茶で炊きあげた茶飯や、醬油とだし汁で炊きあげたものも、桜飯と称した。うっすらと色のついた飯を桜に見立てる日本人の風流からきた命名である。本物の桜の花の塩漬けを炊きあわせた桜飯もある。八重桜の花を摘んで梅酢に漬けこんでおけば、どこの家庭でも桜漬けができる。桜の花が散ってなお、桜の妖艶な美しさを惜しんで炊きこみごはんにする風雅な味覚である。

釜飯

一人用の小さな釜にいろいろの具を入れて炊きこんだ飯である。信越横川の釜飯弁当は、峠の名物になった。また、釜飯店の流行によりサラリーマンの昼食としても定着した。一人用の小釜の中にさまざまな具が上り、湯気とともに飯を食べる温度感は、冷えた弁当にない生命力があり、サラリーマンに午後の力を与える。

一般的な釜飯は、具に鶏肉、ニンジン、シイタケ、ゴボウなどが入ったかやく飯だが、エビ入り、鯛入り、ウニ入りなどの高価なものもある。

江戸のごはんもの

『素人庖丁』に最初に登場するのは玉子飯である。米に玉子を加えて炊きあわせ、かやくに、こしょう、浅草海苔、ネギの小口、唐辛子をふる。

かびたん飯は、鯛を三枚におろして、骨や皮を取りのぞいてから焼き、薬研(やげん)ですりおろし、ほうろくで煎る。鯛をでんぶ状にする。それをごはんの上にかけて、鯛の骨のだしでとった味噌汁をかけて食べる。『素人庖丁』は、かびたん飯を「誠に魚飯の最上なり。食して知り玉うべし」と賞賛している。

網雑喉飯（あみさこめし）は、ごはんをやわらかめに炊いて、あみじゃこをのせる。かやくは、浅草海苔、ネギ小口、唐辛子をふり、大根おろしをそえる。

黒人飯（くろすめし）は、かびたん飯の鯛のかわりにコノシロを使ったもの。小鳥飯は雀、ひばりなどの小鳥を細かく叩いて、炊きこみごはんにするもので、「たゝき肉は随分こまかにたゝくべし　あらきは悪し　心得あるべし」との注がある。『素人庖丁』の炊きこみごはんは、かやくに唐辛子を使うのが特徴である。唐辛子のピリッとした辛さが魚や獣肉の生臭みを消して味をひきたてるのが江戸庶民の好みにあった。

どじょう飯は、どじょうを煮だして、頭と骨を指でぬきとって、醤油とかつおだしで炊きこみごはんにする。どじょう味噌汁をかけて食べる。かやくは、山椒、根深小口、浅草海苔、シイタケ。

鯛の子飯、ボラの子飯、サワラの子飯、鯉の子飯、フナの子飯、鱧（はも）飯もあり、エビ飯は、伊勢エビ一匹を米と一緒に炊きこむという豪勢なものである。イカ飯は、イカの腹に米をつめて炊きあわせるのではなく、小口切りしたイカを米と一緒に炊きこむ。

江戸の炊きこみごはんは、魚貝類、鶏肉などを、なんでも好みで米と一緒に炊きあわせてしまうものが主流で、原材料の素材を生かして、炊きこみごはんに味をつける。

米は、一緒に炊きあわす具によって、いかようにも変化し、うまみをひきだす力がある。自らを無にして炊きあわせる具に染まりつつも、最終的には具の味を吸いとる千変万化の力がある。

『名飯部類』には、尋常飯、諸菽飯、菜蔬飯、染汁飯、調魚飯、烹鳥飯、名品飯の項目に分けて八十七種の炊きこみごはんが紹介されている。藤の若芽を炊きこむ藤葉飯（ふじのはめし）、蓮の葉をみじんに切りきざんだものを炊きこんで、蓮の葉で包む荷葉飯（かようはん）、ナマコを炊きあわせる沙噀飯（なまこめし）、干ダラをもみほぐして炊きあわせた乾呉魚飯（ひたらめし）、黒豆を炊きあわせるほたる飯、柚子を炊きあわせる柚飯（ゆめし）、こしょうを炊きあわせる胡椒飯、ネギを炊きあわせる葱飯などが注目される。

江戸の炊きこみごはんは庶民のもので、炊きこみごはんに汁をかけて食べる流儀が多くあった。別名を汁かけ飯といい、下品な食べ方であり、武士階級にあっては、目上の人と食べるときは、目上の者より先に汁かけ飯にしてはいけないとされた。小田原の北条氏康は、息子氏政が一碗の飯に汁を二度かけしたため落涙して嘆き悲しんだ。「一碗の飯に汁をかける流儀をわきまえないのは先があぶない。北条家はわれ一代で滅びる」と予言したことが『武家物語』にある。

山国信州に伝わる説話として蛇飯がある。山国では山の珍味として蛇を愛好し、アオダイショウやヤマカガシをサンマの代用として蛇飯を作った。説話によると、釜の蓋に穴があけられており、米を炊くときに蛇を一緒に入れると、蛇は熱さにたまりかねて穴から首を出し、蛇の頭を引き抜くと皮と身だけが米の中にバラバラと残るというものである。蛇の骨は俗にいう提灯骨だから、実際にはありえないが、この作り方は鰯飯と似た要領である。蛇飯の話は、夏目漱石『吾輩は猫である』の中にも登場するほどで、げてもの食いの話として、まことしやかに語り伝えられてきた。蓋に穴を開ける話は作りすぎとしても、蛇を食べる地域においては、蛇を炊きこみごはんにするのは滋養ある調理法といってよい。

コメ知識30　飯の腐らざる妙法——梅干しを一つ入れて炊けばよろしい

江戸の料理本は、調理法だけでなく、つぎのようなひとくちアイデアも載せていた。いろいろの料理本が出て、ていねいに伝授している。近年、各種料理本がブームとなっているが、これも江戸以来の伝統であり、日本の料理文化の底の分厚さを示している。

又飯の腐ざる妙法

朝焚んと思はゞ前日の夕方右のごとく洗ひて釜に入其まゝ焚やうの水加減に仕かけおき翌朝水をしかゆる事なく焚べし。火は初め強く吹上りたらば木を半分減し随分蓋を明ざるやうにして焚べし。蓋を明て焚たる飯味ひ水くさく。しかも壱升の手まへにて一杯の飯を減ずるの損あり。扨右のごとくして焚米の中に梅干一つをいれて焚ば極暑の時分にても二日はたもつなり梅干の酸味飯にうつる事なく是飯の腐らざる大秘伝なり試み給ふべし

○因に曰飯のあしくなりたる時は清水の中に入手をもつて洗ひ蒸籠にてむして食すべし

コメ知識31　江戸の大衆食、鰯飯

飯を炊くとき、飯釜に魚を縦に差し込む法は江戸時代発案の流儀である。頭をとった小魚を、鮎でもサンマでもイワシでも差し込んで炊きだし、炊きあがったときに骨をぬく。少々小骨は残るが、小魚の味が飯によくしみこんで、滋味満点である。ことにイワシは安価で庶民の栄養食として人気があった。『料理伊呂波庖丁』ではつぎのようにある。

鰯飯

火を引んとする前かたいわしの頭をさりてよくあらひて逆に食へさし込て其後火を引べし　それより能むれたるときさし込たるいわしの尾を引立れば骨はことごとく付て抜るなり　食は上より下へよくまぜて出すべし　すまし汁やくみいろいろ仕立べし

コメ知識32　『名飯部類』のごはんもの

名飯部類品目

尋常飯の部

家常飯　麦飯　薯蕷汁飯　湯とり飯
半麦飯　粟めし　湯とり飯又法　搏団飯
黍めし　大唐めし　きりめし　強飯
雪花菜飯　菜菔飯
大根飯変法　甘藷めし
青芋めし　栗めし

諸菽飯の部

赤小豆飯　蚕豆飯
緑豆めし　豌豆めし

紅豆飯（さゝぎめし）　大豆（まめ）めし
黒豆飯（くろまめし）　青大豆飯（あをまめし）
寧楽茶（ならちゃ）めし　赤飯（せきはん）

菜蔬飯（なめし）の部

生菜飯（なめし）　乾菜（ほしな）めし
羊腸飯（よめなめし）　鹹蓬（まつな）めし
紫蘇（しそ）葉めし　五加（うこぎ）葉めし
榎葉飯（ゑのめし）　藤葉飯（ふじめし）
枸杞（くこ）葉飯（めし）　荷葉（かよう）飯
阿漕（あこぎ）めし

染汁飯（そめめし）の部

茶めし　山梔子（くちなし）めし
そめ飯（い）　香飯（かうはん）

調魚飯（うおめし）の部

はまちめし　鰛魚飯（いはし）

海糖魚飯（あみぎこ）　牡蠣飯（かきめし）
龍鰻（はも）めし　沙噀（なまこ）めし
蜆肉（しゝみ）めし　呉魚子飯（たらのこめし）
さくらめし　乾呉魚飯（ひたらめし）
鰒魚（あわび）めし　鰻鱺（うなぎ）めし
浜焼（はまやき）めし　道味魚飯（たいめし）

烹鳥飯（とりめし）の部

鶏肉飯（けいはん）　鳧肉（かも）めし
鶏卵飯（たまごめし）　焼鳥（やきとり）めし

名品飯の部

薮乳（たうふ）めし　木の葉（こは）めし
蒟蒻飯（こんにやくめし）　ほたるめし
アゲ茶　松（まつ）たけ飯
零余子（むかご）飯　蕎麦（そば）めし
淡竹筍（たけのこ）めし　海帯（かだめ）めし
柚（ゆ）めし　胡椒（こせう）めし

…………

葱(ねぎ)めし
山吹(やまぶき)めし
吹寄(ふきよせ)めし
すくひめし

葱飯変法(かはりだき)
骨董飯(ごもくめし)
紫菜(のり)めし
雪消(ゆきけし)めし

麦割(むぎわり)
葱(ねぎ)むし
道灌飯(くわんめし)

珠光(しやくはう)めし
利休(りきう)めし
源氏(げんじ)そば

…………

まぜごはん

まぜごはんは、炊きあがったごはんに具をまぜあわせるものである。旧来の炊きこみごはんは、最初から具を米に加えて炊きあげたものであるが、その後調理法に改良が加えられ、だし汁で炊きあげる寸前に具を入れるようになった。したがって、現代の炊きこみごはんは、調理法としては、むしろまぜごはんに近い。

田中角栄元首相が好んだとされる料理に、鮭缶めしがある。鮭の缶詰をあけて大根おろしをそえてどんぶり飯にのせ、醬油をかけてまぜあわせるというものである。雑なまぜごはんであるが、田中角栄氏が、ゴム長姿で鮭缶めしを食べて遊説に出発する様子を思い浮かべると、俄然、このまぜごはんは迫力ある料理として立ちあがってくる。

まぜごはんはすばやく簡便に作り、気迫をこめてざくざくと食うところに醍醐味がある。また大阪の料理店〈自由軒〉で織田作之助発案のまぶしカレー飯は、カレーをごはんにまぶしてかきまぜたものの上に生玉子がのっている。カレーをごはんにまぜる手間をはぶくために最初からまぜあわせてあるわけで、店内には、「虎は死して皮を残し、織田作死してまぶしカレーを残す」云々の貼り紙がある。これも広義のまぜごはんであろう。けずり節を飯にまぜるのも、大衆的なまぜごはんである。

かつお飯

漁師の即席調理法である。とりたてのかつおを一口大の角切りにして醬油に十分漬けこんでおく。それを炊きたてのごはんにざっくりとまぜあわす。アサツキや青ジソをきざんだものを加えるといっそう味がひきたつ。かつおの代わりにマグロ刺身をまぜあわせたマグロ飯もたいそう美味なものである。マグロ中落ちのまぜごはんはさらに滋味深い。中落ちへきざみネギを加え、たっぷりめの醬油であえ、炊きたての白飯とまぜあわす。まぜあわせたごはんの上へ、せん切りにした青ジソを多めにちらす。

新鮮な魚であれば、あらゆる刺身にこの調理法は応用できる。鯛の切り身を同様にまぜごはんとして、白ゴマをかける法もある。わさびを加えればいっそう風味がたつ。

『料理早見献立』にある江戸時代のかつお飯は、「かつをを卸して、背の肩の肉ばかり取り出してとくと湯がき、冷ましてことごとく細かに裂き、布に包み搾りて揉みほごし、いよいよ細かにして飯の上へかけ出す」とあり、かつおを湯に通していた。江戸流は、まぜごはんにする場合でも火を通し、炊きこみごはんに近い形にする。現在のような冷蔵庫がなく、かつ、まわりが早い生魚は火を通さなければならなかった。

凱旋飯

村井弦斎が書いた明治の料理書『食道楽』秋の巻に登場するまぜごはんである。「凱旋飯と申すのは日清戦争の後に大阪で凱旋兵士を御馳走した目出たいお料理ですが、牛肉を細かく刻んで味淋と醬油と水とで煮て置きます。その中から出た汁で牛蒡人参糸こんにゃく椎茸竹の子簾麩なんぞの野菜を極く細かに刻んでよく煮ます。今度はその汁へ水を足して酒と醬油で味をつけて御飯を炊きます。お櫃へ移すとき前の肉と野菜をよくまぜたのがこの凱旋飯」とあり、これは力がつきそうだ。

「豚のそぼろ飯」は、豚肉を糸切りしてゴボウ、キクラゲ、糸こんにゃく、野菜と炊きあわせたものを、炊きたてのごはんにまぜて食する。まぜあわせた飯へ「刻んだ葱をふりかけて出しますと、豚の嫌いな人にも食べられます」と弦斎は解説している。

こういった肉のまぜごはんは、文明開化期の庶民の食事として喜ばれた。弦斎は、マグロ飯も紹介しており、これはマグロを酢醤油で煮つめたものをごはんとまぜあわせ、飯の上に刻みネギ、山葵（わさび）、焼き海苔、紅しょうがをふりかける。明治期のマグロのまぜごはんも、具に火を通したものが主流であった。

弦斎が書く明治期の炊きこみごはんは、醤油と酒で味つけした桜飯をベースとして、油揚げを炊きこんだ油揚飯、シイタケを炊きあわせた椎茸飯、大根を炊きこんだ大根飯、竹の子飯、まつたけ飯、五目飯、海老飯、かまぼこ飯、鴨飯、貝の柱飯、鳥飯、初茸飯、栗飯、そら豆飯、嫁菜飯、紫蘇飯などが登場するが、調理法は、まぜごはんに近い。豆腐飯は炒り豆腐を醤油煮してまぜごはんにしたものであるし、鳥飯も味つけした具を炊きたてのごはんにまぜる。カキ飯の場合は、桜飯が炊きあがる寸前にカキを入れまぜるのをよしとし、「最初から米へかきを入れると小さく縮まってかつご飯へ渋味が出ます」と但し書きを入れている。

バターごはん

小学生のころ、贅沢なごはんとしてバターごはんが一世を風靡した。炊きたてのごはんにバターを溶かしまぜ、醬油で味つけをする。ごはんとバターというミスマッチが、意外と芳醇な味を醸し出す。終戦直後に醬油だけをごはんにかきまぜる醬油飯、あるいはソースをまぜただけのソース飯も貧乏食としてあったが、その後の経済復興によってすたれた。

ごはんのおかずとして人気が高いのは圧倒的にめんたいこであり、2位納豆、3位塩辛、4位ちりめんじゃこ、5位塩鮭である。そのめんたいことバターを炊きたてのごはんとまぜあわせ、もみ海苔をふりかけて食する。ちりめん山椒はごはんに満遍なくまぜあわせると相性がよく、ちりめんじゃこバターごはんも捨てがたい味がある。

近ごろ、若き青年子女の間で人気が高いのは、チーズまぜごはんである。カマンベールチーズを十六等分ほどに切り、炊きたてのごはんとまぜあわせる。これにあうのはキノコ類で、マッシュルームの瓶詰、シタイケのつくだ煮、シメジのバター炒め、ナメタケの味つけ瓶詰など、ありあわせの具と一緒にごはんにまぜあわせる。ごはんにチーズがとろりとしなだれかかる不思議な官能がある。

うなぎまぜごはん

ごはんに、うなぎかば焼きをまぜあわせたものである。落語家の先代円生は、うな丼を食べるときは、箸でうなぎとどんぶり飯をかきまわして食べたという。下品な食べ方であるが、下品の品格がある。うなぎかば焼きは、ごはんとまぜあわすと、身がほぐれて、うまみがごはんの一粒一粒にからみつく。うな丼は、こってりとしたかば焼きと、淡泊な白飯のバランスのよさが身上であるが、まぜごはんにすると、違った料理に変身する。まぜごはんは、七変化するごはんの滋味を味わうものであり、まぜることによって、ごはん一粒それ自体が料理となる。うな丼の食べ方を変えるだけで、また別のおいしさを発見することになる。

均一にかきまぜるよりも、一センチ角のかば焼きをふわりとごはんにまぜる食べ方を好む人も多い。かば焼きを一センチ四方に切り、タレをまぶし、どんぶり鉢ではなく通常の飯茶碗に入れた飯とまぜる。うなぎの原形がくずれぬようにしてまぜ、上にたっぷりともみ海苔を盛る。酒を飲みながらどんぶりを食べると腹がふくれるため、通常の飯茶碗ぐらいの量がよろしい。

焼き豚まぜごはん

焼き豚は一センチ角に切り、青菜やネギと一緒に炒めて、ごはんにまぜあわせる。豚肉の角煮をまぜあわせてもよい。四川風中華まぜごはんとなる。この場合、唐辛子を炒めあわせると、まぜごはんが胃をキックして、味が立ちあがる。簡便に作る場合は、市販の焼き豚と青菜漬物を切りきざみ、ごはんとまぜあわせるだけでよい。

韓国まぜごはんならば、キムチをまぜあわせる。キムチとシジミのつくだ煮をきざみ、ごはんとまぜあわせる。九州・博多の屋台の名物まぜごはんに、キムチと納豆と玉子の黄身をどんぶり飯にまぜあわせたものがある。酒を飲んで、最後に小腹をすかせたときによい。キムチ、納豆、玉子の黄身がごはんにほどよくからまった、日韓友好の逸品である。

キノコまぜごはん

キノコを米と炊きあわせたキノコ飯は、すっかり食卓に定着したが、キノコをバターで炒めて味つけしたものをごはんとまぜあわせると、炊きこみのキノコとはまた違った味わいがでる。キノコのバター炒めは、キノコの奥深い味わいを引き出す。これをマツタケで作ると、秋の香りが高いマツタケ飯となる。

シメジ、シイタケ、マッシュルームなどの安価なキノコを塩こしょうで多めに炒め、ごはんとまぜあわせるのもよい。香りづけに醤油少々を入れる。もみ海苔、青ジソをふりかける。

東京・赤坂の洋食店で、ガーリックステーキのまぜごはんを出す店がある。醤油味のステーキをさいころ状に切り、ごはんとまぜあわせて丼ものにしている。ステーキにキノコ類は相性がよく、ヒラタケやシイタケを炒めてまぜあわせる丼も味わい深い。

その他のまぜごはん

まぜごはんというと、ちらしずしを連想しがちになるが、酢めしでないごはんにまぜあわせた料理は、ふっくらとした独特の味わいがある。そのさい大切なことは、ごはんが炊きたてであることだ。炊きたてで湯気がもわもわとたちのぼる熱いごはんが、その熱力によって具を調理する。

どのまぜごはんに加えてもよくあうのは、ちりめん山椒である。まぜあわせると具が全面に散る。貝類も相性がよい。ホタテ貝柱も相性がよい。深川飯の場合でもアサりを炊きこまずに、味つけしたものを炊きたてのごはんとまぜあわせるだけのほうが、貝の風味が残る。

コメ知識33　『食道楽』の炊きこみごはん

桜飯

東京辺で茶飯と云ふと桜飯を炊きます、外の地方で茶飯と云ふと前にある茶粥の通りに煎じ出した汁で御飯を炊きます、桜飯は米一升に上等の醬油四勺と上酒八勺と水との割で炊いた御飯です、是れだけでもお豆腐の吸物なぞを添へて食べますが外の品物を入れて具飯にすると一層美味しくなります。

油揚飯

は極く無造作なもので、先づお豆腐の油揚へ熱湯をかけて油気を取ります、それを細かく刻んで醬油と味淋とで一度下煮をしてその煮た汁と一緒に御飯へ炊込みますが煮た汁計りでは味が足りませんから別に醬油とお酒を好い程に足します、此中へ葱の細かく刻んだのを一緒に炊き込むと一層味が良くなります。

紫蘇飯
と申すのは勢州岩内の名物ですが大層味の良いもので先づ青紫蘇を塩水で洗つて日に干してパリ〳〵に乾かして置きます、別に只の御飯へ塩味を付けて炊いて火を引く時今の紫蘇の手で揉んだものを早く釜の中へ入れてお櫃へ移す時杓子でよく混ぜます。

ピラフとパエリャ

洋風の炊きこみごはんは、炊きこむ前に米を炒める。その場合はインディカ米を使う。しかし、日本の米で作れば和風の上品なピラフができあがる。

米を油で炒めてから炊くという方法は、日本にはなかったもので、明治になって、西洋から入ってきた。村井弦斎は、「ペラオ飯」としてこの調理法を紹介した。『食道楽』西洋料理の部に、西洋人はお米料理を四百何十種と作っているとして、その最初にペラオ飯が出てくる。

「ペラオ飯と申すのはトルコ風のごく手軽なお料理で、我邦の上中流社会にもこの頃大層流行します。それはまずお米を磨いでよく水気を切っておきます。別にフライ鍋へ大さじ一杯の上等なバターをとかして右のお米一合ほどを入れてよくかき廻しながら、お米の狐色になるまでいためます。それを深いソース鍋へ移して三合のスープをさして塩を少し加えて最初は強い火で三十分間煮て、そのつぎは火をズット弱くして二十分間蒸らしておきます。つまり五十分間でできるわけです」

とある。

弦斎は、白ソースのペラオ飯、黒ソースのペラオ飯、肉汁（ジュース）ソースのペラオ飯、玉子ソースのペラオ飯、赤茄子ソースのペラオ飯、サフラン飯、野菜飯、トルコ飯、ペラオチキン飯、牛乳飯、豚飯、チーズ飯、ハム飯と、ペラオ料理のさまざまを啓蒙している。

たとえばハム飯は「上等のハムを小さく切って玉葱も細かく切って御飯と一所に塩胡椒を振ってバターでヂリ〳〵といためたものです。その品々の分量は見計（みはからい）でようございます。このお料理を原語でジャンボンライスと申します」といったぐあいである。

アワビピラフ

ごく一般的なピラフは、まず米とタマネギをバターと油で炒める。先にタマネギを透き通るまで炒め、そのあとに米を入れ米が透き通り、よく油がからまるまで炒める。エビピラフならば、そこへエビを入れ、マッシュルーム、生シイタケなどあわせの野菜、キノコを加えて塩こしょうしてスープを加える。米四合に対して、スープは五カップが目安である。煮たってきたところで蓋をして火を弱め十五分ほど炊き、炊きあげてから八分蒸らす。

エビの代わりに鶏を使えば鶏ピラフ、カレー味をつければカレーピラフである。肉

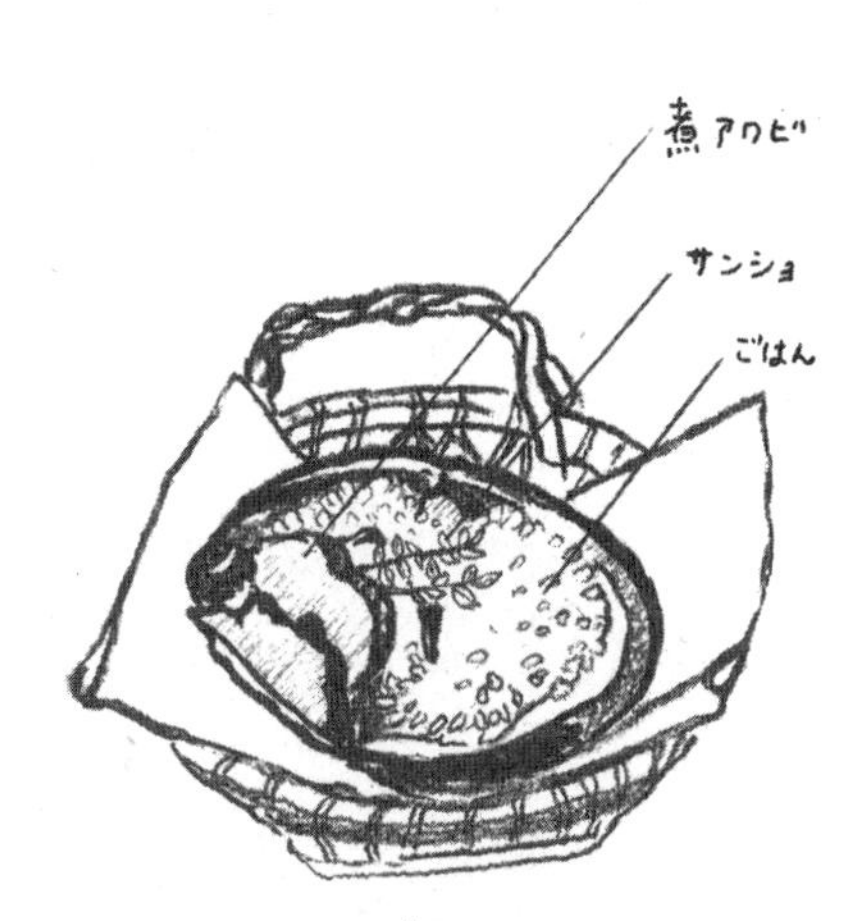

小人数でしんみりと花見をするときは、アワビ飯にする。活けアワビを、酒、醤油、みりんで味を濃いめにして炊きこみごはんとする。炊きこんだごはんをアワビのからに盛る。

を加えるときは、脂肪をよく取り除いておく。脂肪が多いと味がしつこくなる。この場合も、具にカニや貝柱やウニを加える場合は、それら食材は別に調理・味つけしておき、炊きあがってからまぜあわすことは、炊きこみごはんと同じ要領である。

ピラフのなかで美味なものに、アワビピラフがある。アワビを貝殻からはずし、たわしでこすり、清酒で洗っておく。米をサラダ油でよく炒め、アワビを丸ごと入れ、水を入れて炊きあげる。炊きあがったところで、アワビを賽の目に切ってまぜあわす。

これは鯛飯に匹敵する上等なピラフである。淡泊なアワビ飯もいいが、ピラフのほうが味にこくがでる。

ドリア

ピラフの上にホワイトソースをかけ、オーブンで焼いた料理である。ドリアにするピラフは具が少ないほうがよい。ベーコン、むきエビ、マッシュルームぐらいですます。ごはんがオーブンで蒸されて、ホワイトクリームに焦げめがつくと、ごはんが欧州旅行帰りの貴婦人のように色っぽくなる。ドリアにする場合のごはんはバターライスだけでもよい。

ホワイトソースの代わりに粉チーズをふりかけ、バターを小さくちぎってふりかけるだけでもよい。仕上がりにはパセリのみじん切りをのせる。

リゾット

ピラフのだし汁の量を多くし、雑炊のように煮たものである。ピラフのおじや。まずタマネギとニンニクを炒めてから米を炒め、清酒を加える。ヨーロッパ風ならば、オリーブ油を使い、白ワインを加える。キノコやトマトなど、好みの具を加えて、コンソメスープ（和風だしでもいい）を入れて蓋をせずに二十分ほど煮あげる。

アサリのリゾットならば、最初に別鍋で殻つきアサリを炒め、その蒸し汁を米に加えて、煮あがったところへアサリを入れまぜる。

弦斎が言う牛乳飯は、リゾットのスープに牛乳を使ったもので、白ソースのペラオ飯は牛乳とバターを使ったリゾットである。したがって西洋粥という考え方もできる。スープにトマトジュースを使えば、トマト味のリゾットになる。具は貝のほか、鶏肉、イカ、エビを加えてもよい。

パエリャ

スペイン料理の花である。好みの貝、肉、野菜をピラフにしたものだが、米を炒めるときにサフランを加えて黄飯とする。パエリャは本場スペインに行っても、地域により具の種類が変わり、百種以上の料理がある。日本のまぜごはんに百種以上のものがあるのと同じである。共通するのは、インディカ米を使って米に少し芯が残るように炊きあげるところと、大鍋を使うところである。

ごく一般的なパエリャの作り方は、まず、米をといでざるにあげ、三、四十分おく。このさい、インディカ米を使えば本場のパエリャになるが、日本の米を使って、ふっくらと炊きあげるほうが日本人向きである。

フライパンで貝（ハマグリ、アサリ、ムール貝など）を炒めて、貝が半びらきになったところで取り出す。同様にエビ、イカ、鶏肉などをニンニクとオリーブ油で炒める。別鍋でタマネギを炒め、米を炒めたところでスープ（鶏スープやコンソメなど）とサフランを加えて煮だし、七分間煮る。箸で米をつまんで少し芯が残るぐらいのところへ、炒めておいたエビ、イカ、鶏肉を加えて汁ごとざんぶりとまぜあわせ、弱火でさらに十五分ぐらい煮る。具と汁を加え、オーブンで焼いてもよい。ハマグリなどの貝はあとから入れる。ピーマンも煮あがる寸前に入れる。

　パエリャのコツは具を加えるタイミングにあって、ぐつぐつと煮あがったサフラン飯と具のハーモニーが味をきめる。できあがったパエリャは、黄色い菜の花畑にエビやイカや貝が蝶のように舞い飛ぶ美しい鍋となる。さまざまな食材が寄り集まって、サフランとともに、陶然としたうまみを醸し出す。

オムライス

日本人が思いついた和風洋食の傑作品である。タマネギをみじん切りして、小さく切った鶏肉と炒め、そこへ炊いたごはんを加え、トマトケチャップで味をととのえる。さらにフライパンで薄い玉子焼きを作り、ケチャップライスを柏餅のように巻く。

　弦斎が米のオムレツとして紹介しているのがこの前身である。トマトケチャップが発売されたときに、いずこかの料理人が思いついて創作したものだろうが、その人物がだれであるかは判明していない。オムライスに関しては、老舗洋食店ではそれぞれ工夫を競い、ケチャップライスにベーコン、マッシュルームを加える店もある。玉子焼きも、両面をクレープ状にうっすらとレモンイエローに焼く店と、厚めに山吹色に焼く店があり、東京下町の店では玉子の半分をわざと半熟焼きにして、ドロリとした玉子焼きを上面に出してのせる店が人気を集めている。

コメ知識34　『食道楽』より

米のオムレツ
は手軽にすると普通のオムレツを焼いて中へ御飯を入れて塩胡椒を振つて柏餅の様に合せますがそれでは味がありません、玉子の黄身三つへ御飯を大匙二杯入れて塩胡椒を振つて能く混ぜて置いて別に三ツ振の白身を泡立てゝ加へて、バターの溶かしてあるフライ鍋へ注いで箸で一面によく掻き混ぜます、下の方が狐色になつた時双方から柏餅に合せるとよく出来ます、

茶漬

茶漬は、ごはんに魚菜の具をのせて熱い茶をかけただけの簡単な料理で、江戸時代になって煎茶が普及してから一般に食せられるようになった。室町・鎌倉時代は湯漬があり、これは飯に塩と湯をかけただけの簡素なものであった。こういった食べ方は室町時代にはごく普通の食事であり、雑炊やおじやの一変種である。

江戸時代後半になって、庶民の味覚がやや贅沢になると、ごはんにのせる具に魚菜、漬物などをあしらう工夫がなされ、古くは『鸚鵡籠中記』に正徳二年（一七一二）の茶漬の記載がある。文政三年（一八二〇）の『臨時客応接（あいしらい）』にも記載があり、ふいにやってきた客に出す食として恥ずかしくないものであった。

当時は簡便な庶民食であるから、多くはほうじ茶を用い、江戸後期には「茶漬屋」が出現したことを考えると、茶漬は粗食ではあるが、料理として自立していたものであることがわかる。

ごはんに魚菜を盛り、熱いほうじ茶をそそぐだけの料理は、日本特有の、枯淡簡潔ともよぶ伝統・歴史にかなっており、と同時に、白飯と魚菜に熱い茶をとくとくとつぎ、それを手早くさらりと食する味は、江戸っ子の好みにあったもので、白飯の滋味を知っている日本人ならではの味覚といってよい。贅沢料理に飽きた江戸の通人が、ふと茶漬を食べたくなる心境は、海外旅行から帰った現代の日本人が、まずは鮭茶漬を食べたくなる気分に通じる。

江戸の通客が料亭〈八百善〉で茶漬を注文したところ、半日も待たされたあげく、一両二分という法外な代金を請求されて、文句を言った。すると、〈八百善〉の主人は、「うまい茶漬を出せと言われたので、上等の水を汲むために玉川の上流まで早飛脚を出したので、こんなに金がかかった」と答えた。これは食通を気取る客を嘲笑した逸話であるが、いかにも〈八百善〉が言いそうな話で、客が幕府の要人であれば、こんなことは言わない。相手を見て客を愚弄する風習は現代の一流料亭にも共通し、客を嘲笑して、もって店の風格を上げようとする意地の悪さは、すでに〈八百善〉から始まっていたとみるべきであろう。高い代金をとる〈八百善〉であるのだから、水は普段より上質のものを用意するのが当然なのである。
現在の超高価な和食料亭の主人の料理自慢話に、水の話が出てくる。この店には東京の銀座と青山に支店があるが、主人は「味が微妙に違うのは水が違うからだ」と看破した。青山の水道は多摩川系で、銀座の水は江戸川系なのだという。これにより一人前数万円をとるこの店ではカルキ盛りだくさんの水道水ですまし汁を作っていることが判明した。

コメ知識35　**茶漬の茶は、番茶か緑茶か**

つぎに引いたように荻舟翁は、茶漬に濃い上煎茶を好むのは味覚者の行き過ぎであり、ほうじたての番茶がいいと主張しておられる。しかしながら、料理には上等と下等があり、少なくとも料理を論ずる立場から考えると、茶漬を庶民食と限定して、経済的に安価なものをよしとするのは、茶漬に対してうしろ向きの感もある。料亭を経営した荻舟翁の見識からすれば、茶漬は料理として論ずるにたらずということであろう。茶漬は番茶でよしとする荻舟翁の主張は、茶漬の具のもとの味を殺さぬためには、緑茶よりも番茶のほうが適しているという意に解するのがよい。荻舟翁が生きておられれば、この件について一夜明かして歓談したいと願うものである。

ちゃずけ　茶漬　冷飯に熱い晩茶をかけてすするのが普通で粗飯の代名詞となり、江戸時代には軽便な飯食店を「茶漬屋」とよんだが、平安朝時代には貴族社会でも夏は「水飯（すいはん）」と名づけて水づけ飯を用い、鎌倉時代から戦国末期まで武士階級は冬でも湯漬を常食した。奈良の茶粥に関連して茶を用いるようになったのは、室町後期に発達した茶道の普及以降であろう。それも庶民階級の常飲したのは粗末な晩茶を小袋に入れて、随時煮出したのを終日用いる例だったから、翌朝利用した残飯・残湯の茶粥よりも更に簡素な便法であった。江戸中期以後食生活の余裕に伴う味覚の発達から、温飯に好みの魚菜を添えるようになったのは、当時盛行した懐石風の影響であろう。日常の家庭用にはゴマ塩・焼ノリ・塩昆布・ミソ漬・ツクダ煮・塩ザケ・干ダラまたはカキ餅・アラレ・塩煎餅など何でもあり合わせを用いる場合、飯は冷温いずれでもよいが茶は必ず熱湯に限り、生鮮魚菜を加える時は飯もたき立ての熱いことを条件とする。元来簡素な庶民食であるから、茶はほうじ立ての晩茶に調和し、濃い上煎茶を好むのは味覚者の行過ぎといわれる。……家庭で用いる場合には食い残した材料を利用して、ツマ・ワサビ・ショウガ・つけ醤油のすべてを温飯に加え、酒と塩（ゴマ塩があれば結構）とで好みに調味したところへ、熱湯ま

……

たは晩茶をそそぎ、ちょっと蓋をして魚肉の白くハゼた頃あいを食い加減と心得れば、簡単明瞭かつ経済的である。

……

魯山人の茶漬

魯山人は茶漬が好物で、いくつかの茶漬を『魯山人美味探訪』で紹介している。魯山人が好む茶漬は「趣味の茶漬で、安物の実用茶漬ではない」と本人が釘をさしている。すべて吟味しつくした一流の素材を使うのが魯山人流で、魯山人が〈八百善〉へ行けばやはり意地の悪い応対をされただろう。魯山人は、そのことを知っているから自分で作った。

魯山人は、茶漬は「財力豊かな人のものと財力不自由の人のものとは、常に天と地ほどの相違がある」という。うまい料理は、長年食べつづけなければわからないとして、料理の好みを決める三条件に、①貧富の差、②年齢の差、③体調の差、をあげている。

魯山人がすすめる茶漬はつぎの十二点である。

①納豆茶漬（納豆のねりかたがポイント）
②海苔茶漬（自家製海苔のつくだ煮）
③塩昆布茶漬（京都〈松島屋〉の塩昆布）
④塩鮭茶漬（切り身に皮もぶちこむ）
⑤塩鱒茶漬（鉄錆色の薄い切り身）
⑥マグロ茶漬（シビマグロの中トロを三切れ）
⑦天ぷら茶漬（エビ天を軽く焼く）
⑧塩茶漬（塩ひとふり、粋人の味）
⑨アナゴ茶漬（白焼きに粉山椒を）
⑩うなぎ茶漬（前日の焼きざましをあぶる）
⑪車エビの茶漬（巻きエビを醬油で煮る）
⑫京都のゴリ茶漬（京都のゴリつくだ煮をたっぷりと）

これらの茶漬を魯山人の講釈どおりに再現し、これに対する私の茶漬を十二点作って料理雑誌に発表し、読者投票により引き分けたという経験がある。茶漬合戦として魯山人に対抗した。茶漬素材の原価総額は双方合計で二十一万円に達した。交通費を加えれば三十五万円になり、茶漬ひとつにせよ、金がかかることは魯山人の記すとおりである。魯山人の茶漬で、代金がかさんだのは、⑤の塩鱒茶漬と⑫のゴリ茶漬であり、なぜなら、それらの素材が現在はほとんどないためである。

塩鱒に関しては、魯山人は、「これはいかなる寒村僻地にも行き渡っている品で一尾百円か大きくても二百円」と記している。魯山人が書いた昭和七年にはどこの地にもあったが、現在では見つけることが難しい。魯山人が「鉄錆のような赤い薄い切り身の塩辛いところを焼いてむしりとる」と書いているから、①薄い切り身、②寒村僻地にある点、③安価、から、青鱒と結論して、塩漬を作った。これを焼いて茶漬としたが、上等に漬けすぎてはすっぱな味がしない。

ゴリは、かつては京都桂川上流や加茂川で獲れたが、現在の京都の魚店や錦市場では出廻っていない。いま、ゴリつくだ煮として売られているのはハゼ科のカタゴリで、魯山人のいうカジカゴリとは違う。天然のカジカゴリは金沢の犀川上流でわずかに獲れ、ゴリ獲りの達人は一人しかいない。達人に依頼して八匹を捕獲して、金沢の老舗料亭でつくだ煮にした。再現料理は酔狂の果てだが、酔狂もまた味覚のひとつである。現在、簡便に作るならば琵琶湖の小鮎つくだ煮に代えてもよい。

塩鮭茶漬の鮭は新潟県村上の三面川（みおもてがわ）に戻る鮭の塩引きが最上である。三面川に戻った根性ある鮭をたっぷりと塩に漬けこみ、水で流して塩ぬきした身を、日本海の寒風にさらしたものである。茶漬にするとき、こんがりと焼きあがった切り身の皮も一緒にごはんの上にのせ、茶をかけて食するというのは魯山人の指摘どおりである。

納豆茶漬は魯山人の考案である。良質の納豆をよく練りまぜて、納豆の糸が多くなりかたくなったところで醬油数滴を落として、また練りあわせ、これを手間をおしまず数回くりかえし、糸の姿がなくなってどろどろになった納豆に芥子をまぜて、ごはんにのせ、熱い煎茶をかける。納豆の量はごはんの四分の一を適量とする。

魯山人によると、茶漬のごはんは炊きたてでも冷飯でもいけない。生温かめに冷めた程度をよしとし、番茶はだめで良質な煎茶の濃いめとする。飯は茶碗に半分、もしくはそれ以下に盛る。そうしないと具と飯が生きない。これを基本としている。

海苔茶漬用の海苔のつくだ煮を魯山人は自分で作った。これは、昭和七年には上等品がなかったからであり、現在は、老舗の上等品が販売されているので、それを使えばよい。

マグロ茶漬は、シビマグロを極上とする。魯山人は、関西人は鯛を上等魚として、関西にはマグロの良品が集まらぬため、マグロ茶漬の味を知らぬという。この風潮は今でも残るが、関西の鯛好みは、むしろ伝統に根ざした味覚であり、現在では、マグロも鯛も同じように上等品がゆきわたっている。本来下魚であったマグロが江戸っ子の舌にゆきわたったのは江戸前寿司の影響である。それは、ねぎまが江戸の味であることをみてもわかる。

嵐山の茶漬

私が常食している茶漬は、鯛茶漬である。鯛茶漬は、真鯛一匹を漁港よりとりよせて、春に食べるが、魯山人のものとは作り方が違う。海外旅行の飛行機内で出るのはキャビア茶漬で、自宅で何もないときは、タラコ茶漬、おじゃこ茶漬にする。冬場はフグ茶漬がよろしい。スッポン茶漬も結構な味である。

しかし、いつもフグ茶漬やスッポンの茶漬というわけにはいかないため、一般向きにつぎのような茶漬を選んだ。

①梅わさび茶漬（梅干しわさびに梅一輪）
②マグロ中落ち茶漬（きざみアサツキ入り）
③ネギ茶漬（さらしネギにゴマ油と醤油）
④鯖茶漬（生醤油に三分間つけて白ゴマと）

名人・魯山人の茶漬

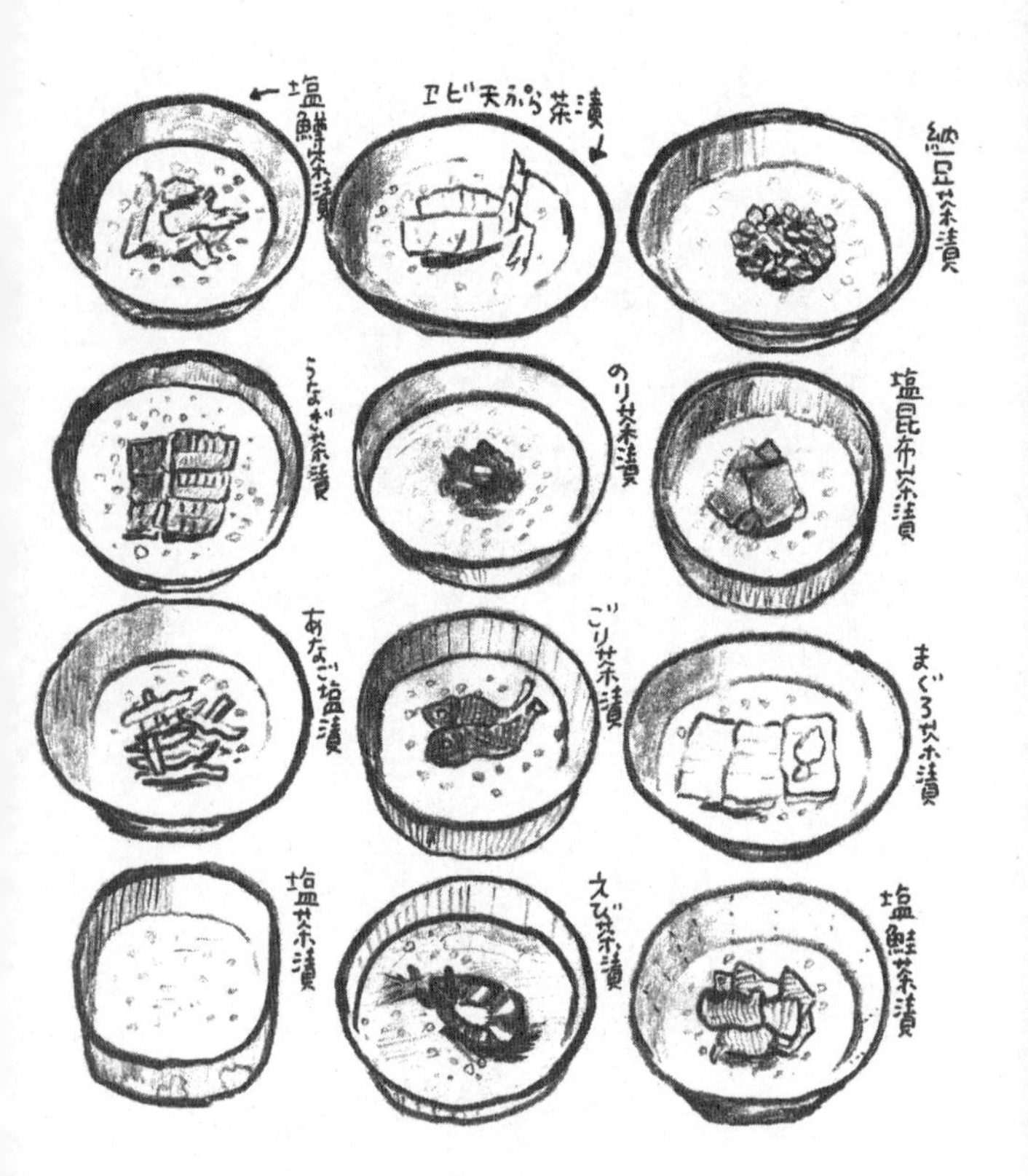
塩鱒茶漬
エビ天ぷら茶漬
納豆茶漬
うなぎ茶漬
のり茶漬
塩昆布茶漬
あなご塩漬
ごり茶漬
まぐろ茶漬
塩茶漬
えび茶漬
塩鮭茶漬

達人 嵐山光三郎の茶漬

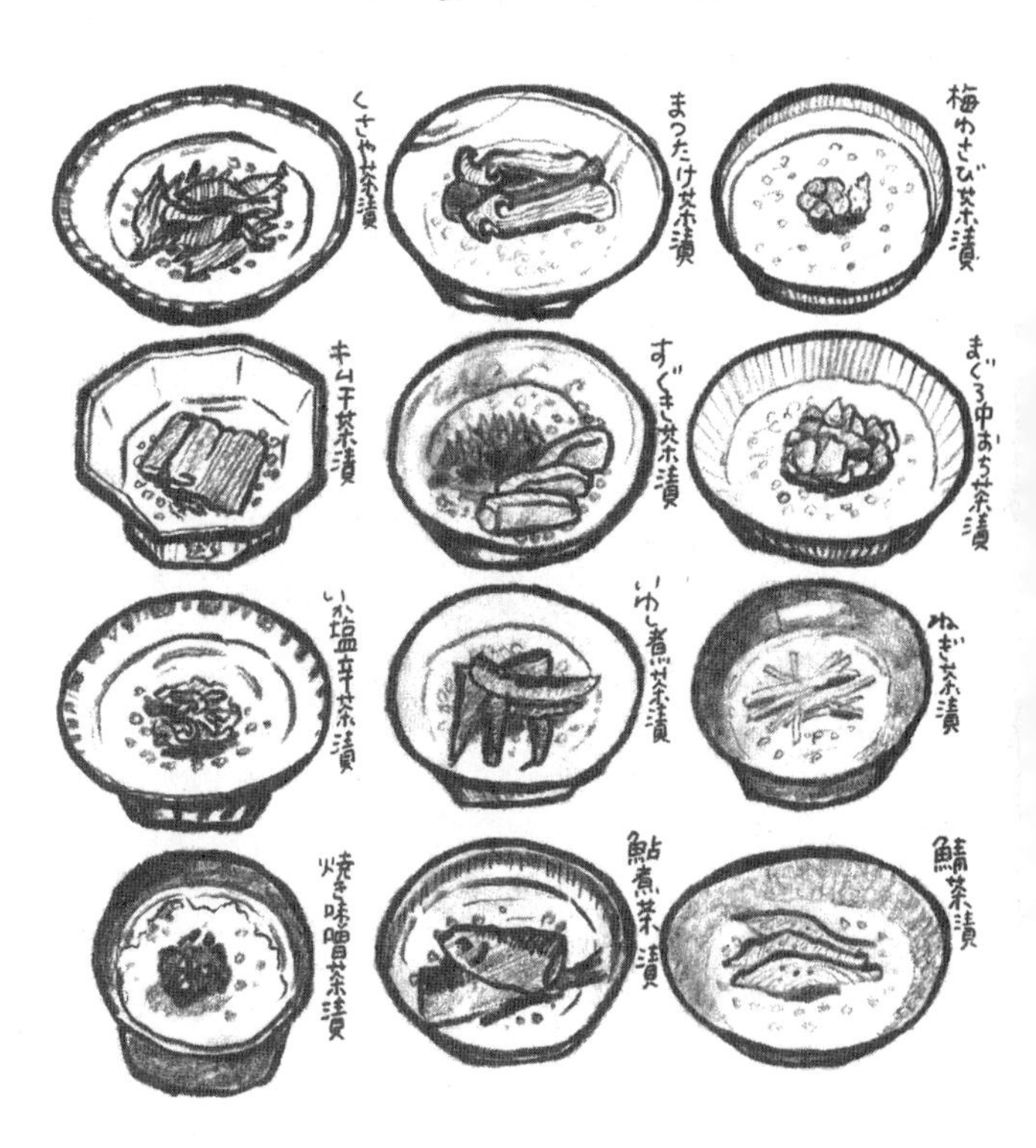

梅わさび茶漬
まつたけ茶漬
くさや茶漬
まぐろ中おち茶漬
すぐき茶漬
キムチ茶漬
ねぎ茶漬
いわし煮茶漬
いか塩辛茶漬
鯖茶漬
鮎煮茶漬
焼き味噌茶漬

⑤マツタケ茶漬（マツタケをこんがりと焼く）
⑥すぐき茶漬（京都〈川勝〉のすぐきで）
⑦鰯煮茶漬（大塚〈なべ家〉の鰯煮を）
⑧鮎煮茶漬（若鮎つくだ煮を一匹）
⑨くさや茶漬（新島産のアジのくさや）
⑩キムチ茶漬（冷飯にのせて水をかける）
⑪イカ塩辛茶漬（イカ沖漬でもよい）
⑫焼き味噌茶漬（焼き味噌をひとつまみ）

塩鮭茶漬、アナゴ茶漬は大好物であるが、魯山人があげているため、それらをのぞいてこの十二点を作ったのである。

なお冒頭の鯛茶漬は、天然鯛を三枚におろし、中骨部分を煮出してスープとし、これをかける。鯛は皮ごと湯引きして一口大に切り、冷やしておく。鯛の頭はスープには使わず、塩をふって焼いて食べる。頭をスープに使うと脂が出すぎて汁が油っこくなる。大鍋に湯をたっぷりとはり、昆布、酒、塩を適宜加え、中骨、ネギの緑の部分を一時間ほど煮だして、アクをよくとる。

鯛の切り身七切れを小皿にとり、醬油を多めにかけて、五分間つける。これは鯛刺身に醬油味をしみこませるためである。

中ぶりのどんぶりにごはんを三分の一入れ、醬油のしみた鯛刺身をのせ、ワケギみじん切り、白ゴマを盛り、煮たぎった鯛汁をどんぶり半分ぐらいにまでたっぷりとかけ、海苔をはらはらとかける。鯛刺身がちりちりと煮えたところを腹にかきこめば、鯛のエキスが腹にズドーンとしみわたる。

キャビア茶漬は、かつてパリより帰国するおり、全日空便ファーストクラスで食したもので、魯山人のいう「趣味の茶漬」で金がかかる。ごはんにキャビア一瓶をまるごと盛り、醬油少々をかけ、熱い煎茶をかけて食べる。これは飛行機の中で振動とともに食すと一段と美味である。飛行機の揺れでキャビアがごはんによりかかる。キャビア茶漬を食しつつ、雲海の彼方にヒマラヤ山系を見るという空漠の不安がうまいのである。

「趣味の茶漬」をつづける。

マツタケ茶漬は、焼きマツタケを手で細くほぐして、ぽん酢醬油につけ、ごはんへのせて、ほうじた番茶をかける。茶の味が濃すぎるとマツタケの風味をそこなう。また、ほかの具をのせると、味が混乱するため、具は焼きマツタケのみとし、茶とごはんのあいだに浮遊するマツタケのぐきぐきとくる歯ごたえを楽しむ。

フグ茶漬はフグ料理屋へ行ったとき、フグ雑炊に代えて食するものである。最初に食するフグ刺しを一人につき七枚残しておき、フグ鍋を食べ終わって残っただし汁をかけて食す。これは、懇意にしている店で食す。ワケギみじん切り、海苔をかけ、ぽん酢醤油で味つけをする。家庭で食べる場合は、北陸地方で製造されるフグの糠漬けを切って作る。この場合、ほうじ茶をかけるだけでよい。

牛肉茶漬は、上等の霜ふり牛肉を醤油にひたしたものをごはんにのせ、きざみネギをふり、熱い煎茶をかける。霜ふり牛肉は一瞬にして煮え、煎茶とあわさる相性がいい。牛肉のだしがごはんにからまり、煎茶と混じりあう味が、思いのほかうまいことに気づくのである。この場合、当然ながら和牛を用いるが、高級和牛のつくだ煮を茶漬にするのも情趣深いものである。ただし、市販の牛肉つくだ煮はいずれも甘すぎるため、茶漬用つくだ煮は自分で作る。

たとえば京都の〈三嶋屋肉店〉へ行ったとき、安い牛コマ切り落とし肉を三キロほど買い求め、酒と昆布、かつおだし汁でことこと三十分ほど煮しめる。しょうが細切りは牛コマ肉の四分の一ほどを加える。煮しめると、牛肉は繊維だけになり、脂が出てくるため、スプーンで脂をすくう。この脂はラーメンスープに加えるのにたいへん重宝である。醬油は薄味とする。脂は冷えると白いヘットとなってかたまるため、冷やしてから取り除く。こうして作った甘みのない牛肉つくだ煮は、そのままおかずとしても滋味深いが、茶漬にするといっそううまみが増す。煮あわせるとき、さらしネギを加えるのもよい。

梅わさびは、柳橋料亭〈亀清楼〉が酒のつきだしに出したもので、高橋義孝氏がことのほか好んだ食味である。梅干しの果肉を裏ごしし、大根おろしの水分をしぼったものと、すりわさび、海苔と練りあわせる。それを白飯にのせて茶漬とする。好みで青ジソを加えてもよい。

魯山人茶漬のなかには漬物が入っていないのが妙である。京都産すぐきは茶漬にあうものである。近ごろはすぐき漬物の端物を使ったきざみすぐきという安価なものが出廻っており、書生の分際はこれを食すのがよい。貧乏くささのなかに、はかない茶漬の味が漂い、いじけたうまさがある。

茶漬に少量の大根おろしを加える手法は魯山人も推奨している。魯山人のマグロ茶漬は、シビマグロを用いる。飯は茶碗に半分目盛り、マグロの刺身三切れを一枚ずつ平たくのせ、醤油をかけ、大根おろしをひとつまみ、マグロのわきにそえる。茶碗のかたすみから、熱湯を粉茶のざるを通してそそぎ、マグロの上皮がいくらか白ずんでくるときを見はからって、マグロを箸でごはんの中に押しこむのが魯山人流である。

シビマグロを用いるなら、醤油漬けにするのもよい。江戸前寿司のヅケとするのである。マグロを小鉢に入れてたっぷりと醤油にひたし、一晩冷蔵庫で漬けこむ。こうすると、マグロ刺身は全身に醤油をすいこみ、濃い栗羊羹状となる。これをごはんにかけて茶漬とすると、だしが溶け出し、マグロは醤油のうまみでひきしまり一段と滋味を増す。海苔とわさびは、茶をつぎこんでから加える。

イカ塩辛茶漬は、塩味がしんなりとなじんだよれよれの塩辛がむいている。これは書生向きの茶漬であるが、通人にも十分に通じるしみったれた典雅さがある。熱い茶をかけられて、塩辛が丸くちぢこまりつつ隠し持っていた熟成のエキスを放出する。

魯山人がすすめる鱧・アナゴ・うなぎの茶漬は京阪神における代表的な味覚である。

鱧を焼いたものを熱い飯にのせるものであるが、鱧はいまなお関東ではなじみが薄い味覚のひとつだ。小味ないい脂肪があって、淡泊で、舌ざわりがすこぶるいい。関東では鱧は手に入りにくいため、アナゴかうなぎで代用とする。

アナゴ、うなぎは白焼きしたものを細く短冊状に切り分けて、わさび醤油で茶漬とする。かば焼き用の甘いタレは茶漬にはむかない。明石〈下村商店〉の焼きアナゴを軽くあぶりなおして、ざく切りにし、しょうがと山椒を加えて茶をそそぐ。うなぎ茶漬は、近ごろはうなぎ料理屋でも出す店があり、茶漬にすると、うな丼とはまた違ったさっぱりした滋味を出す。うなぎの脂肪が煎茶で中和され、さらりとした湯あがり気分の涼しい味になる。魯山人は、アナゴ、うなぎの茶漬は贅沢な欲望であり、これを賞味する舌はデリケートでなければならず、まず素材のよしあしを吟味すべし、という。

車エビの茶漬は、天ぷら屋で使うような生きている車エビを醤油と酒で煮しめたものを熱い飯にのせる。つまり車エビのつくだ煮茶漬で、魯山人はこの一品を「無類のお茶漬」と絶賛している。魯山人の指示どおり、生醤油に酒三割で二時間煮こむとかなりしょっぱくなった。日本酒を五割で割ったほうがいい。茶をかけるとエビが白くなり、だしが溶けていく具合がいい。夏など口のまずいときにこれを饗応すれば、たいていの人は納得する。

私のスッポン茶漬は、熱い飯にスッポンスープをかけたものである。飯にのせる具は、さらしネギだけでよい。スッポン料理屋へ行ったときに、最後のおじやの代わりにこれを食する。いまは、スッポンスープのもとを食材店で売っているから、それを使用するのもよい。

くさや茶漬は、焼きくさやをちぎってごはんにのせて茶をそそぐ。

茶漬は、ありあわせの具をごはんにのせて、茶あるいはだし汁をかけただけの簡単食であるがために、高級な食材を使うと、かえって目をみはる料理になる。

茶漬の具

茶漬の具は、野菜漬物ならばなんでもあう。カブ漬、高菜漬、きざみたくあん、野沢菜漬、瓜漬、菜の花漬、ナス漬、しば漬など、ありあわせの漬物を好みにあわせ飯にのせわけて茶をかける。

俗に「農家の茶漬は七秒半」といわれ、農繁期は土間に立ったまま食べた。「立って食べる滋味」と喝破したのは、「ラブミー農場」の小説家深沢七郎氏である。茶漬をすする音がザ、ザ、ザ、ザーザーザーザ、と七秒半つづくと、それにて昼食は終了した。日本人の早食いは文化遺産であり、西欧人は蔑視するけれども、それはむしろ西欧の昼食の料理研究の遅れを示すものである。七秒半の早食いでも精力がつき体力を維持する、米あっての料理である。スパッと食べきるのは、喉に切りこむうまさがある。

しかし西欧人のなかにも茶漬の滋味を覚える者が出てきて、きざみチーズ、ブルーチーズを具として飯にのせる。これは日本人の目からすると珍奇に映るが、食べてみるとうまい。梅干し、おかか、青ジソにきざみチーズをのせて熱い茶をかけると、チーズがうっすらと溶けて、飯粒との相性がいい。ブルーチーズは、くさや、あるいはアジの干物の茶漬に加えると味がひきたつ。

タラコをよく焼いて茶漬にするのもたいそうよい。タラコの塩かげんが茶に調和し、白飯の上にピンク色のタラコがのっているのは、見た目も美しい。筋子塩漬茶漬は、茶をそそぐと白濁するところへもみ海苔をかけて食する。

茶漬用にぶぶあられを入れるのは京都の流儀で、表千家の懐石では湯桶（ゆとう）の中へぶぶあられを加える。いまでは、市販のお茶漬の素にもぶぶあられが入るまでに一般化した。香ばしいあられがぶちぶちと口の中で割れる食感がよく、あられと海苔だけをのせたあられ茶漬は滋味深い上品な味である。

天ぷら茶漬は魯山人も好んだ茶漬であるが、茶漬にするさい、塩のかわりに昆布茶をふるとよい。こっくりとした天ぷらの油気が、さわやかな昆布味になる。

茶漬にミツバをのせる流儀は小料理屋の発案で、茶漬全体にツーンと菜の香りがたちのぼる初々しさがある。茶漬はどうしても野菜が不足になりがちで、ミツバを加えれば、栄養のバランスもよく、見た目も美しい。ただしミツバを使用しすぎると、香りが強いため本来の具を殺してしまうことがあるから、具によって配合をきめる。また、ミツバは小料理屋のはすっぱな趣があるため、家庭で作るとき妙に気取ると、味が水商売風になり、下品になりがちなことも留意しておく必要がある。これは茶漬に限らず、小料理屋の真似をした料理の飾りつけや盛り方は、下品である。

関西では、お正月の鏡餅がひび割れて細かくなったものを火であぶって焼き、ごはんにのせる焼き餅茶漬がある。塩味の茶漬で、海苔をふりかける。これはあられ茶漬の原型ともいうべきもので、かりかりとした歯ごたえがよい。

春になれば、ハマグリのしぐれ煮茶漬がよい。ハマグリを塩水で洗い、清酒だけで炒り煮して醬油とせん切りしょうがで軽く煮つける。薄味のつくだ煮は、かつおにしろ貝類にしろ茶漬にむいているが、市販のものは甘すぎるため、茶漬用には、新鮮な素材で自分で作るのがよい。

茶漬は、料理とよぶのには気がひけるほど簡単なものでありながら、広く日本人の舌になじんでいる。それは、とりもなおさずごはんの力であり、どのような上等の魚菜を使っても、肝心のごはんがまずければ話にならない。あとは茶である。魯山人は煎茶にこだわり、濃いめの煎茶をたっぷりとかけるのをよしとしたが、のせる具によっては、あまり濃い煎茶であると、茶の味が強く残って苦くなる。煎茶はむしろ濃すぎぬものがよく、塩昆布茶漬などにはほうじ茶を使ったほうがよいし、鯛茶漬のようにだし汁を使ったほうがいいものもある。煎茶にするかほうじ茶にするかは好みで決めればよい。

九州一帯の海でとれるアラの茶漬は、豪勢なもので、この場合は茶漬の上に、さらにめんたいこをまぶすのがよい。白ゴマは必需品である。

鮎煮茶漬は広島県府中市〈無憂舘〉の鮎煮、あるいは東京〈魚谷清兵衛〉の若鮎のつくだ煮を使うのがよい。この二店のほかでも、香りのよいほくほくとする鮎煮であれば茶漬にむく。

夏場にむくのは、冷たいキムチ茶漬である。ごはんを水洗いしてからキムチをのせ、冷やした煎茶をかけて食べる。冷えた麦茶でもよく、こいつをカンカン照りの昼下がりに食べると全身がすっきりして涼しくなる。

チャーハンとその他のごはん料理

チャーハンのコツ

具とごはんさえあれば手軽にできるのがチャーハンである。チャーハンをおいしく作るコツは、ごはんがべたつかずに、パラパラに仕上げるところにある。腕ききの調理人が作るチャーハンと、貧乏下宿の書生が作るなげやりなチャーハンとでは、天と地下室ほどの差があるのは茶漬の場合と同様である。

チャーハンの基本は、まず、

①鍋の油ならし

が重要である。中華鍋を強火にかけ、煙が出たところでたっぷりとサラダ油を入れてゆり動かし、鍋全体に油をゆきわたらせてから、油をあける。こうすることにより鍋に飯がこげつかず、また、ごはんがさらりと焼ける。

②具は先に炒めて、別皿にとっておく。

③ごはんは、切るようにほぐして炒める。

この二点も重要な点で、箸で練りまぜるとごはんが水っぽくなり、べたつく。ごはんは切るようにほぐして炒める。ネギ、ニンニクなどは、できるだけ細かく切り、ごはんと一緒に強火で一気に炒める。さらっとした味にするときはサラダ油かオリーブ油がいいが、中華料理店風のこっくりとした味を出したいときはラードを用いる。私の好みはゴマ油で〈竹本の太白胡麻油〉を使う。いずれにせよ油は必要最小限にすることで炒めあげたごはんに油がべたつかず、炒めつつも油を感じさせず、舌に油が残らぬよう調理するには修練を要する。

④粗塩で味つける。

和風の味つけにしようとして、つい醬油を使いたくなるが、醬油はごく少量の香りづけ程度とする。酒も同様である。粒状鶏がらスープや粒状コンソメも鍋をこげつかせる原因である。味を変化させたければカキ油ソースか、豆板醬（トウバンジャン）、五香粉の類を使う。基本は粗塩とこしょうだけで、ざらっと味つけする。醬油は香ばしい味を作るのに有効であるが、その香りは味を単一化するため、むしろ使わぬほうが本格のチャーハンとなる。

⑤炒めるときは、長箸やほかの料理具を使わず、中華鍋の柄を持って、ごはんを空中に放りあげて回転させてバラバラッとまぜる。これにより、ごはんと具がこげつかず、しんしんと降る粉雪のような口あたりよいものになる。回転炒め術はチャーハン調理の初歩であり、二十回ほど練習すれば上達するのであるから、初心者はこの技術を覚えるのがよい。

チャーハンにあう具は、まず玉子である。ごはんを炒め終わってから、その中へ溶き玉子をまぜあわせれば、ごはんの表面に玉子が付着してねばる。玉子は、から炒りした鍋で、強火で一気に炒めておく。長ネギみじん切りと玉子だけのチャーハンで十分に堪能できる。

エビ、カニの類もチャーハンと相性がいい。カニはカニ缶詰を使用すればよいが、一匹のゆでガニから肉をとればいっそうおいしい。エビは殻つき小エビを使用するときは、殻をとってから塩、こしょう、酒で下味をつけておく。カレーチャーハンのときは、カレー粉もまぶしておく。また、干しエビは、きざんで炒めるほうが風味が増す。

ベーコンを細く切ってチャーハンにあわせるときは、ベーコンの脂は捨てる。燻製の脂味が強すぎて舌がべとつく因（もと）になりやすい。

漬物を使用する場合は高菜漬が最適である。高菜漬はできるだけ細かく刻んで、均等にごはんにまとわりつかせるのがよい。これはニンニクを使う場合も同様で、できるだけ細かくきざんで炒めればニンニクのかたちも匂いも消え、うまみだけがごはんに吸収される。炒めたごはんの中に、切ったニンニクのかけらが残っているようではいけない。高菜漬とニンニクだけのチャーハンを作れるようになれば一人前である。

具は、アサリ、ハマグリ、牛肉、鴨肉、豚肉、鯛、アジの干物、ちりめんじゃこ、セロリ、アワビ、鶏肉、シイタケ、ゴボウ、タケノコ、鶏レバー、シメジ、ピーマン、ホウレン草、野沢菜漬、山ゴボウなど、いずれもあう。

意外と相性がいいのは焼き豚である。中華街で売られている炭火焼きの焼き豚は、脂肪分が落ちており、特有のうまみがついているため、細く刻んで炒めればチャーハンとあう。また、中華街で売られている香辛料の強い腸詰もよい。

若者のあいだでとみに人気が高いのは豚キムチチャーハンである。豚薄切り肉と白菜キムチと糸唐辛子とニンニクの茎を強火で炒め、チャーハンとしたものである。スタミナたっぷりのチャーハンで、豚肉の代わりに牛肉を使用してもよい。好みでコチユジャンを加える。ただし、具を炒めると水分が出るため、具をあわせてから、汁気を十分に取る。

夏場をしのぐのは極辛チャーハンで、小エビ、ニンニク、長ネギをごく細かく刻んで汁気が出ないように炒め、ごはんと一味唐辛子、塩を加えて、空中回転炒めする。油はヘット。チャーハン全体が夕焼けのような紅色をおびたものとなり、食欲がないときに食すると力がわき、バシッと気合が入る。

具にアサリ、ハマグリを加えるときは、具を炒めすぎないようにふんわりと仕上げるのがコツである。チンゲン菜やホウレン草は、緑色のもとの色を生かすために炒めすぎてはいけない。具になにを使うかによって、炒め方に微妙な差があり、そこに熟練の技術がいる。中国流は、搾菜、干し貝柱をきざんで巧みに使う。缶詰のコンビーフ、ツナも油分があるため、チャーハンに応用しやすい。腕があがってくると、サワラ西京漬、鯛を巧みに配合するのもよい。

一九六〇年代の大衆食堂のチャーハンは、紅色に着色された鯨ベーコンを使ったものが多く、鯨ベーコンが大波となってザップーンと白飯の中で躍動する味は、せつないうまみがあった。同世代の人には郷愁のある味であるが、鯨が禁漁となった現在に

暑気払いにきく極辛チャーハンである。ニンニクを細かくきざみ、フライパンでいため、小エビとごはんを入れて、一味唐辛子をコンニャロー、コンニャローとたたきこみ、チャッ、チャッとかきまわしてできあがる。夕焼け色のチャーハンだ。

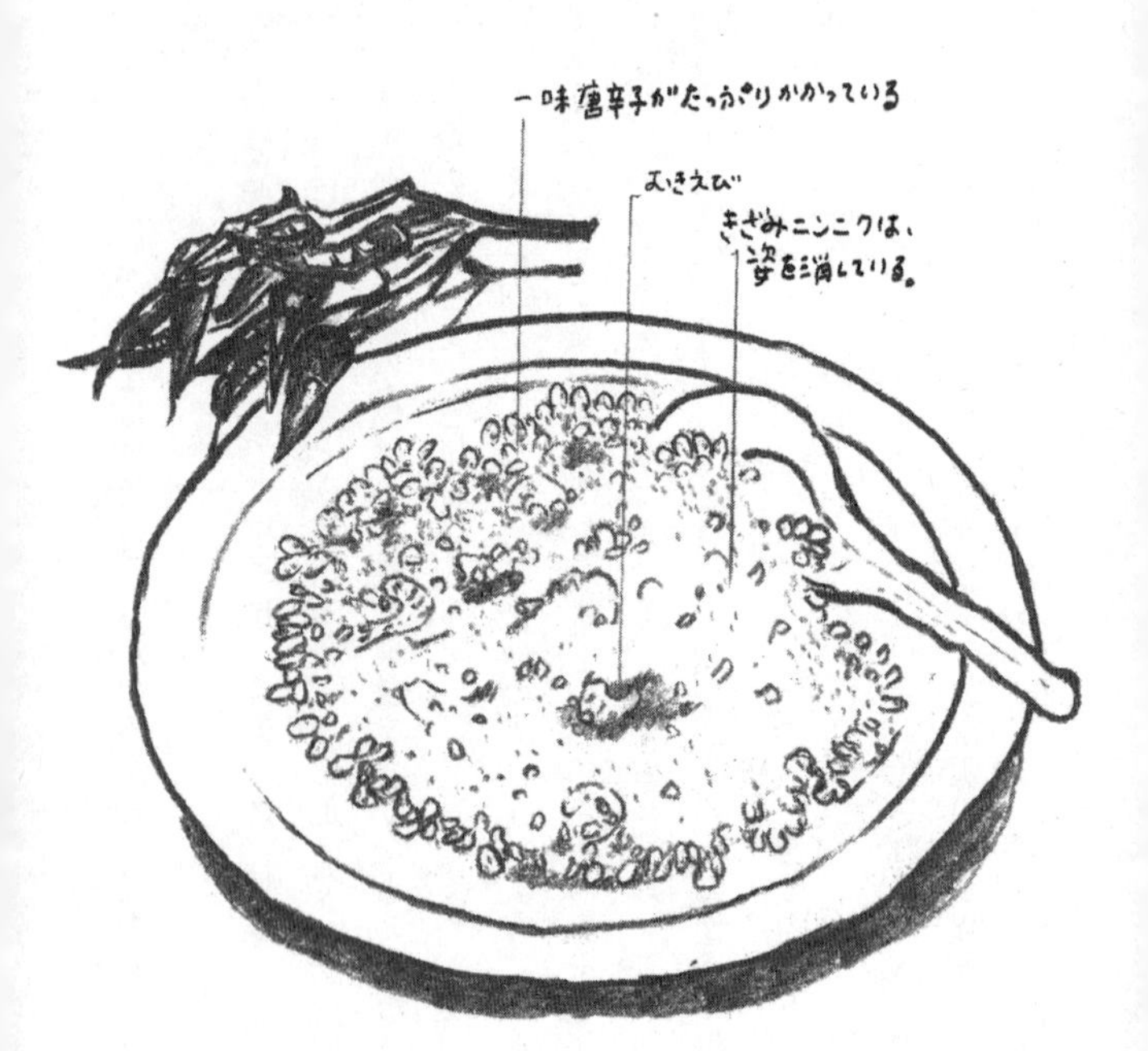

あっては高価なものとなった。

レバニラチャーハンにも同様の味覚がある。

通常五目チャーハンといわれるものは、エビ、カニといった魚貝類にシイタケとピーマン細切りをまぜ、焼き豚、搾菜、ゆでタケノコを加えたものである。魚・野菜・肉・漬物・キノコの五種とりあわせとなる。あまりに具を加えすぎると、味が複雑下品となり、書生の残飯処理料理になるため、食材はよく吟味して明快な味とする。まずは長ネギみじん切りと玉子だけを使った桂花炒飯（クイホワチャオファン）の技法を習得して、舌にうまい味を覚えさせるのがよいだろう。

冬に作るカキ・チャーハンは、むき身のカキをよく洗い（大根おろしで洗うときれいになる）、水気を切り、小麦粉をまぶしてフライパンできつね色に炒め、別皿にとっておく。バターを少々入れてこんがりと炒め、フライ返しで押すと、カキ汁が残る。そこへニンニクスライスと白飯を入れて塩少々をまぶすと、パリッとしたチャーハンができあがる。チャーハンに炒めたカキをまぜあわすと、脳天にピカッと稲妻が走るほど美味である。素人でもできるから是非試していただきたい。

その他のごはん料理

ごはんは、それ自体は無味と見せながら、微妙な香りと食感を有した完全栄養食であり、自らの味の主体を消して、調理するほかの食材の味を引き出す力がある。それでいながら、ごはんそのもののうまみを保持するところは、大地の慈母ともいうべき食材である。チャーハン用のごはんを炊くときは、通常のうるち米10に対し餅米3をまぜる方法もある。

餅米だけを用いて小豆と蒸せば、赤飯ができる。中国ちまきは豚バラ肉の角煮と味つけ餅米を竹皮で包んで蒸しあげたものである。

一晩水に漬けた餅米を油で炒め、干しシイタケ、干しエビ、ゆでタケノコ、干し貝柱、焼き豚、松の実とあわせ、塩、こしょう、醤油、みりんで味をととのえる。具に豚角煮、ピータンを入れて竹皮でくるみ、三時間ほど蒸しあげる。

中国ちまきは保存食としてよく、冷凍保存したちまきを、食べるときに再び蒸しあげればよい。

たこ糸で竹皮をしばった中国ちまきは、台湾料理店で売られており、日本にはなじみ深いが、本場中国へ行くと、笹葉に包んだ多種多様のちまきがある。餅米に豚肉とウズラの卵を包んだだけの肉粽子（ローツォンズ）、小豆をまぜた紅豆粽子（ホントウツォンズ）、ピータンをまぜた咸蛋粽子（シエンタンツォンズ）などである。甘さを加えたデザート用の笹包みちまきもあり、形は円筒形、円錐形とさまざまである。

餅米に油味がじっくりとしみこんだ中国ちまきは、腹もちがよく、米のうまみを十分に引き出した傑作品であり、日本へ奈良時代には伝来していた。

伝説として、中国楚の国の忠臣屈原が投身自殺したおり、民がその死を惜しんで米を入れた竹筒を川に流したところ、ある日屈原が夢枕に現われ「竹筒では龍に食べられてしまうため、龍がおそれる笹の葉を五色の糸で結んでほしい」と訴え、その後、五月五日の屈原忌でそういうかたちになった。日本でもこの形式がちまきの始まりとなり、それが江戸時代に入ってから餅米粉を使ったアメチマキに変形してきた。

中国には糯米圓子（ヌオミーユワンズ）という肉団子の周囲に餅米をまぶしたものがあり、台湾料理店へ行くと出す店がある。また焼売の中に餅米を入れたもの、春巻の中に餅米を入れたものもあり、餅米の調理法は多様である。

　米を西欧料理に応用するなら、ごはんを具にしたコロッケ、ごはん入りドリア、ごはんのポタージュができる。私が発案したごはんのピザは、いまや世に定着しつつあるが、だれにでもできる簡単な調理法で、ピザベースを作らず、一気に焼く。ボウルにきざみタマネギ、チーズのみじん切り、冷飯に溶き玉子を入れてかきまわし、醬油で味をととのえ、フライパンで焼きあげるものである。チーズがごはんと合体して、カリリときつね色に焼きあがったところを食べる。プーンとたちのぼる醬油の香ばしい香りと、チーズがよりそったおいしさがある。

　同じく私が発案したごはんのタコ焼きは、玉子にタコ切り身とごはん、醬油を加えてかきまぜ、タコ焼き器で焼きあげる。小型の焼きおむすびの具にタコが入り、醬油のこげぐあいが味のきめてとなる（左図）。

　東北地方でどんど焼きというのは、すりおろしたジャガイモとごはんをまぜ、お好み焼きのように鉄板で焼いたものである。もんじゃ焼きに通じるはすっぱなうまさがある。ソースやおかかやマヨネーズをあわせ、青海苔、紅しょうがを散らす。焼く前のごはんに、きざみ青ネギ、干しエビ、ちりめんじゃこをまぜるのもよい。子供が喜ぶ料理である。

秋田地方で盛んなきりたんぽ鍋は、餅米を杉の棒に巻いた竹輪状のものを焼いて、

こげめをつけ、鍋に入れる。ひな鶏、ネギ、セリ、ささがきゴボウ、マイタケなどを入れ、餅米のきりたんぽにしみこんだスープのおいしさを味わう。冬のきりたんぽ鍋は、餅米を応用した郷土食である。

五平餅は、米と餅米をあわせて炊きあげ、すりばちですりあわせたものを平らな楕円形にして割り箸につけ、網であぶって練り味噌をつける。味噌は赤練り味噌には砂糖を加えて甘くし、白練り味噌は、だしとユズの皮を加えて甘くしない。ただし甘い五平餅は菓子の代用であり、すたれつつある味である。砂糖を加えず、唐辛子とだしと赤味噌だけで焼きあげたほうがよろしい。

餅米を炊いてつぶし、周囲に小豆粒あんをまぶしたおはぎは、年に一、二度だけ食べればよい伝統食である。

このようにごはんを使った料理は千差万別で、いかようにも応用できる。

前にも書いたが、バターごはんは、太平洋戦争後、白飯が手に入らず、ようやく食べられるようになったとき、燎原（りょうげん）の火のごとく広がり、全国の飢餓少年をうーむとうならせた一品である。炊きあげたばかりの熱々のごはんに、バターと醤油を入れてかきまわしたバターごはんは、八方に味覚が広がる黄金の味であった。それを応用しためんたいこバターごはんは、小島政二郎の発案になるもので、バターとめんたいこを熱いごはんにまぜあわせて、もみ海苔をふって食べる。一見不似合いなとりあわせだが、やってみるとこれほどうまいものはない。茶碗の中に、滋養ゆたかなバラ園が広がり、バターの甘さとめんたいこの辛さを、ごはんがうまくとりなす（左図）。

玉子かけごはんは、昭和の古典飯ともいうべき逸品であるが、近ごろの家庭では不

人気となった。旅行に行ったおり、不精な旅館の手ぬき朝食として供されることがあり、懐かしがって食して、はっと、そのおいしさを思い出すのである。これは、ごはんに生玉子と醤油をかけてまぜあわすだけの料理であり、味の決め手はごはんと生玉子のよしあしに比例する。新米が出たときに、いの一番で食べるべきは玉子かけごはんである。したがって朝食に玉子かけごはんを出す旅館は、一見不精を装いつつも、客に供するごはんに絶大な自信があることになり、決して手ぬきではなく、食生活への提言と見るべきであろう。

コメ知識36　ちまきは屈原の霊をしずめる餅であった

ちまきに関しては、荻舟翁ならびに人見必大翁の著述にくわしい。ここに両者の著述の一部を抜粋する。

ちまき　粽　餅の一種。これを端午の節供に用いるのはもとシナの習俗で、汨羅(べきら)に水死した屈原(くつげん)の忌日が五月五日に当るところから、その姉が弟を弔うため餅を作って江に投じ、蛟龍(こうりゅう)を祭ったのに始まるという。……志を憐れんだ楚人も年々その忌日になると、竹筒に米を詰めて水に投じたのがチマキの起原だといわれ、日本に伝来した年代は詳らかでないが、すでに『延喜式』の記載に「粽料糯米二石云々」とあるのに見ると、その以前からあったことは明らかで、端午・薬猟の行事などと共に恐らく奈良時代若しくはその以前からであろうと推せられる。

【製法】『和漢三才図会』に、本草綱目を引いて「按ずるに粳粉を捏ねて、状芋子の如くし、蘆葉を以て之をつつむ、また菰葉を以て之をつゝみ、菅あるひは燈心草を以て縛り巻き、十個を一連となして之をゆでる」とあるのは彼地の風を伝えたものと思われるが、わが国では「今世多く糯米を用ふ」云々、『倭名鈔』には「菰葉を以て米をつゝみ、灰汁を以て之を煮る」とあり、『東雅』には「わが国の俗、茅葉をもて飯をつゝみしかばチマキといひし也、今俗には飯のみにあらず、糕・餅の類をも菰葉をもてつゝみ煮熟せしをチマキとはいふ也」とあって、古風は米を粒のまま用いたことがわかり、芦や菰と水辺に縁のある草を用いたことで屈原の故事の名残が思われる。……明智光秀が叛心を抱いて愛宕山に詣で西坊に会して連歌を催したみぎり、たまたま供された端午のチマキをあわてて包皮のまま食ったとの伝説は、粗忽の誡めとして人口に膾炙しているが、近世の製法は糯米を蒸して餅に搗き、あるいはクチナシの汁で黄色に染めたのを、適宜に丸めるか揉伸ばして芦か笹の葉で包み、藺草（即ち燈心草）で縛ってもう一度蒸すのを普通とし、地方によっては糯米粉を混ぜて熱湯で捏ね、長い円錐状に揉んで芦や笹の葉に巻き藺草で縛って蒸すところもある。越後の三角チマキというのは糯米を水に浸けて軟らげたのを、そのまま笹の葉で三角形に包み、菅で縛って聯につづったのを灰汁またはクチナシの汁で煮るので、最も古風で本義にかない、黄粉を添えるのが定式で古雅な風味のあるものだが、米の膨れる余地を存するため包み方に熟練を要するといわれる。（『飲食事典』）

ちまき結ふ片手にはさむ額髪　芭蕉

粽　もとの字は糉　知麻岐と訓む。

〔集解〕源順（『和名抄』）は「糉は、菰葉で米を包み、灰汁で煮る。五月五日に啖う」といっている。必大の考えでは、近代はそうではない。蒸した糯を搗いて餅にし、長さ四・五寸、頭と尾とを細く尖らせ、中ほどを円肥にする。あるいは、梔子汁で染めるものもあるが、いずれも菰葉で包み、乾した燈草でこの中ほどをしっかりと縛り、米俵の形状にし、上部は菰葉の乱れている形に、下部は菰葉を束ねてあるような形につくる。首尾の長さ二・三尺余。釜で煮熟てから取り出し、略冷えるのを候って、菰葉・燈草を剝ぎ去る。中の餅を冷水に投じ、取り出し、焼白塩を和して食べる。あるいは砂糖・豆粉・水飴を抹して食べるのも佳い。つまりこれは家々の端午の節のめでたい習慣であって、蒲艾で簷を葺くのと同じなのである。

また一種、粳米粉を用いたのがある。羅にかけ極めて細かにした粳米粉を冷水で煉ってまるめて、細長い団子の形に作る。青い箬葉で包み、乾した燈草でしっかりと縛り、甑の中に入れて蒸熟す。それから箬葉・燈草を剝ぎ去ると、団子は小鰕および甘露子の形状をしている。味は香美である。砂糖を抹して食べる。これは京師の珎（珍）菓であり、禁裡で最も賞味されている。就中市人で道喜という者がこれを巧みに造るので、道喜粽という。あるいは笹粽ともいう。現今、京俗市上の端午節では、この粽を菰粽に代えて贈祝している。造り易いためであろうか。

一種に飴粽というのがある。糯米を蒸熟し、搗いて餅にし、稲草に包み、外部も稲草でしっかりと縛り、甑中に入れて蒸熟し、取り出して稲草を剝ぎ去れば、黄白色の飴の色のようになっている。それで飴粽と名づけるのである。味は美で、微香がある。（『本朝食鑑』）

あとがき

この本を書くために、山形県の秘湯滑川（なめかわ）温泉に一カ月泊まった。持ち込んだ資料は百冊近くにおよび、米だけでこれだけ多くの本があることに仰天した。日本では、米は貨幣の代わりだったから古い資料をあたりだすときりがない。宿のすすけた六畳間には米の本がびっしりと並び、湯につかってからごはんを食べると、身も心も純ナマの日本人に戻る。

炊きたてのごはんから湯気がポッポッとたちのぼるのは、もうそれだけで食欲がわきあがり、胃がぐうぐうと鳴る。胃の中からも湯気がたちのぼる。新米を塩むすびにして食べるほどおいしいものはない。米は生きもので、炊きあげたごはんも生きもので、炊きたてが一番おいしい。冷や飯には冷や飯のおいしさがあり、粥やまぜごはんにも、それぞれのおいしさがあるということを書きたかった。それが米の力である。

米は調理法によって、さまざまな味がひきだされる。

水田は、われら日本人の先祖がのこしてくれた宝の装置である。この本には、日本の米農家に感謝し、生産者と消費者が連帯し、理解しあおうという気持がこめられている。

この本を書くように推めたのは、私が勤務していた平凡社社長下中邦彦氏で、編集担当は、「太陽」編集部後輩の岡みどりさんである。岡さんは村上春樹氏の担当編集者で、「オガミドリ」の名で村上作品に登場する。下中邦彦氏と岡みどりさんへ、長い夏休みの宿題を提出するような晴れがましい気分で書きあげたのが一九九六年五月だった。

二〇〇〇年九月に平凡社ライブラリーとして文庫本になり、その後下中氏と岡みどりさんは逝去された。それから二〇年がたち、筑摩書房の豊島洋一郎氏により、ちくま文庫として再び日の目を見ることになった。二〇年余の星霜を経て『ごはん通』が刊行されることに深く感謝し、細部を書き改めた。二十年の時代の潮流により変化した部分もあり、確乎とした不変もある。削除・加筆の作業をしつつ、山形県吾妻連峰の北面・前川上流の渓間にたたずむ一軒宿・滑川温泉福島屋を思い出した。奥羽本線の無人駅「峠」駅からふっと迷いこんだような仙境で、夜になれば露天の湯にランプの灯がともる。乳白色の湯で、スノコを通して浴槽下から湧いてくる。湯治客たちと自炊したごはんを食べた日々を思い出し、西行の和歌をもじって「年たけて　また来るべしと思ひきや　いのちなりけり　なめ川の宿」と詠んだ。時間は刻々とたち、過ぎてゆく日々は遠く蜃気楼となって、薄墨色ににじんでいくばかりだ。

二〇二〇年三月

嵐山光三郎

本書は一九九六年六月、平凡社より刊行され、二〇〇〇年九月、平凡社ライブラリーに収録された。文庫化にあたり一部、加筆・訂正をした。

ちくま文庫

ごはん通（つう）

二〇二〇年五月十日　第一刷発行

著　者　嵐山光三郎（あらしやま・こうざぶろう）

発行者　喜入冬子

発行所　株式会社　筑摩書房
東京都台東区蔵前二―五―三　〒一一一―八七五五
電話番号　〇三―五六八七―二六〇一（代表）

装幀者　安野光雅

印刷所　星野精版印刷株式会社

製本所　株式会社積信堂

ISBN978-4-480-43668-9 C0195